Henner Kotte **Jugend mit aller Gewalt**

Henner Kotte

Jugend mit aller Gewalt

Sechs authentische Kriminalfälle aus Sachsen

Bild und Heimat

Von Henner Kotte liegen bei Bild und Heimat außerdem vor:

Flucht über die Todeszelle *und fünf weitere Raubfälle* (Blutiger Osten, 2017)

Bonnie & Clyde vom Sachsenplatz *und zwei weitere Verbrechen* (Blutiger Osten, 2018)

Falsche Ideale. *Fünf wahre Verbrechen* (Blutiger Osten, 2019)

Ministermord unter der Augustusbrücke. *Ein historischer Kriminalfall aus Dresden* (Blutiger Osten, 2019)

Populäre Sächsische Irrtümer (3. Auflage, 2018)

Populäre Sächsische Hofgeschichten (2019)

Populäre Sächsische Legenden (2019)

Leipziger Mordsspuren. *Ein kriminalistischer Spaziergang* (2019)

Die vermauerte Frau. *Wahre Verbrechen aus Leipzig* (Blutiger Osten, 2020)

Sächsische Unterwelten. *Bunker, Keller, Tunnel, Höhlen ... Auf den Spuren des Verborgenen* (2020)

ISBN 978-3-95958-289-6

1. Auflage

Umschlaggestaltung: capa
Umschlagabbildung: Chris Keller / bobsairport
Druck und Bindung: CPI Moravia Books s. r. o.

SUPERillu

In Kooperation mit der SUPERillu
www.superillu-shop.de

Inhalt

Angesichts des Kindes: Ratlos

Ende der Geduld, Leipzig 1970

»Zwischen 15 und 18 – ein problematisches Alter. Es ist die kurze Wegstrecke zwischen Kindsein und Erwachsenwerden – die Hochphase der Pubertät. 40.000 Kinder und Jugendliche verschwinden pro Jahr. So alarmierend, wie sie klingt, ist die Zahl dann doch nicht. Sie lässt sich schnell relativieren: Die Meisten tauchen nämlich über kurz oder lang wohlbehalten wieder auf – bereits nach ein oder zwei Tagen. Wenn ein Jugendlicher verschwindet, hat das in den seltensten Fällen mit einem Verbrechen zu tun. Es ist ein Ausklinken aus der familiären Gemeinschaft, das in aller Regel nach wenigen Tagen schon beendet ist. Je nach Mentalität. Die Gründe, warum Jugendliche ausreißen, sind vielschichtig. Erstens wollte man den ›nervigen Alten‹ nur mal einen Denkzettel verpassen. Und zweitens ist es für einen Teenie gar nicht einfach, plötzlich auf sich allein gestellt zu sein. Auch wenn man sich schon stark und erwachsen fühlt. Darüber machen sich die wenigsten Ausreißer Gedanken. Und genauso wenig darüber, wie die Eltern mit dem plötzlichen Verschwinden ihres Sohnes oder ihrer Tochter klarkommen. Meist ist es ein lange schwelender Konflikt und schließlich der berühmte Tropfen, der das Fass zum Überlaufen bringt. Der Generationenkonflikt – er ist so alt wie die Menschheit. Die Jungen werden ungeduldig, sehen Manches anders als die Älteren, wollen Vieles anders machen, rebellieren gegen ›althergebrachte Traditionen‹. Doch so alt sind die eigentlich ja nicht. Denn ihren Eltern ging es früher ja genauso. Und deren Eltern auch … Eigentlich unlogisch, dass in den meisten Familien dieses Unverständnis zwischen Alt und Jung herrscht, das dann gelegentlich zum Ausscheren der Jungen aus der Gemeinschaft führt.«

Die Woche vierzehn des Jahres 1970 ist eine normale Arbeitswoche. Vielleicht diskutiert man in den Kollektiven das Erfurter Treffen von Willi Stoph mit Willy Brandt, der es später als einen der emotionalsten Momente seines Lebens beschreiben wird, besonders als die Rufe unzähliger DDR-Bürger von der Straße ins Hotel *Erfurter Hof* drangen: »Willy Brandt ans Fenster! Willy Brandt ans Fenster!«

Am 10. März hat ein junges Ehepaar versucht, Piloten zu zwingen, ein Flugzeug der Interflug in Hannover zu landen. Der Volksmund vermutet die Gründe der Flugzeugentführung: Das Paar wollte endlich eine eigne Wohnung, einen Telefonanschluss, einen Ostsee-Ferienplatz oder nach Jahren des Wartens den angemeldeten Trabant erhalten.

In Berlin verhandelt man über das Vier-Mächte-Abkommen und das Schicksal der Stadt. Weltpolitik richtet ihr Augenmerk auf Südamerika, wo die Gesellschaften im Umbruch sind. In Vietnam tobt Krieg. In Kambodscha ist Prinz Sihanouk entmachtet worden.

Der 1. April 1970 fällt auf einen Mittwoch, ein Scherz in jeder Zeitung. Gerhard Wobst ist nicht zum Lachen zumute. Er erscheint in den späten Abendstunden des 2. April auf dem Revier der Polizei und erstattet:

»Anzeige

02.04.1970, 23.00 Uhr

Name:	Wobst
Vorname:	Gerhard
Geb.:	03.08.1945
Wohnhaft:	705 Leipzig, Ludwigstraße 15

Beruf: Lagerist, Centrum Versandhaus Leipzig, Lager Markkleeberg.«

Der Erschienene zeigt an: »… daß mein Bruder Hannes seit dem 01.04.1970, 16 Uhr, vermißt wird. Er wohnt zur Zeit bei mir in der Ludwigstraße, da die Eltern sich im Urlaub in Ungarn befinden.«

Ein Ferienplatz am Balaton war teuer und über den Freien Deutschen Gewerkschaftsbund (FDGB) nicht leicht zu haben. Familienstress und Arbeitsalltag ließ man in südlicherer Sonne einfach hinter sich. Die Mutter und das Oberhaupt der Familie Wobst werden sich auf diese Reise gefreut haben. Ungarn galt als Land, das freier mit Zensur und Waren umging. Es war westlicher in Ambiente und Lebensstil als die DDR, zumindest in den Tourismusgebieten um den Plattensee gab's Pepsi-Cola und Vinyl der Popgiganten. Zum Nimbus hatte wesentlich Liselotte Pulver beigetragen. Die Filmkomödie *Ich denke oft an Piroschka* (1955) mit ihr in der Titelrolle war grenzübergreifender Kinohit und Kassenschlager. Der Name der kessen Tochter des Stationsvorstehers wurde Marke in der ungarischen Tageszeitung für deutsche Touristen. Der Boom hielt an.

»Ende der 1960er Jahre entdeckten die DDR-Bürger, denen nach dem Mauerbau nicht mehr allzu viele Reiseziele in der Ferne geblieben waren, das riesige ›Planschbecken der Ungarn‹. Zu Hunderttausenden kamen sie angereist – mit ›Klappfix‹ und ›Steilwandzelt‹ und dem Kofferraum voller Konserven. Einige Jahre später stammten bereits mehr als 30 Prozent der Balaton-Urlauber aus Magdeburg, Eisenhüttenstadt oder Suhl. Der Balaton war zum ›Mallorca der DDR-Bürger‹ geworden. Doch nicht nur fade ›Puszta‹-Romantik, verlogene Zigeunerfolklore und lauwarmes Wasser lockten die DDR-Bürger Jahr für Jahr an den Balaton, sondern auch die Aussicht auf deutsch-deutsche Begegnungen. Am Balaton trafen sich Familien und Freunde, die der Mauerbau getrennt hatte. Und so waren die Campingplätze rund um den Balaton bereits vor dem November 1989 gewissermaßen Orte der deutschen Einheit.«

Alle Kinder lächeln über die Ansichten ihrer Eltern – bis sie selbst Eltern geworden sind.
LISELOTTE PULVER

Gerhard Wobst auf dem Volkspolizeirevier (VPR):

»Am 01.04.1970 gegen 16.15 Uhr hätte mein Bruder von der Arbeitsstelle Weber & Schulze (vormals Oswald Weber, Drahtverarbeitung) zurückkehren müssen. Er erwähnte, daß er mit seinem Chef wahrscheinlich eine Dienstreise macht, die aber nicht stattgefunden hat. Als er bis 21 Uhr noch nicht zurück war, suchte ich zwei Verwandte ohne Erfolg auf.

Am 02.04.1970 gegen 8.30 Uhr kam der Kollege Süßmilch von der Arbeitsstelle meines Bruders und teilte mir mit, daß Hannes nicht auf der Arbeit erschienen ist. Weiterhin teilte er mir mit, daß eine telephonische Mitteilung durch Unbekannt kam, worin es hieß, daß Hannes krank sei und sich zur Zeit bei Karsten Winkler, Markkleeberg, Mittlerer Weg 17, aufhält. Sie wollten die Poliklinik verständigen. Ich fuhr persönlich zu der genannten Adresse und mußte feststellen, daß die genannten Angaben nicht der Wahrheit entsprachen.

Ich bin dann zu meiner Schwester Helga Ronstedt, 705 Leipzig, Kröbelstraße 12, gefahren, um die Wohnungsschlüssel für die Glafeystraße 22 zu holen, die Wohnung unserer Eltern. Beim Betreten der Wohnung stellte ich fest, daß die Stubentür gewaltsam geöffnet und der Inhalt der Schränke durchwühlt war und in der Stube verstreut herumlag. Aufgrund dieser Feststellungen begab ich mich dann zum VP-Revier Südost.«

Gerhard Wobst gibt weiterhin an: »… daß mein Bruder

in der elterlichen Wohnung Verwüstungen angerichtet hat und außerdem eine Geldkassette erbrach und dabei 250,– Mark Bargeld sowie eine goldene Taschenuhr entwendete. Erwähnen möchte ich noch, daß der Verdacht besteht, daß Hannes illegal die Republik verlassen will. Zu dieser Annahme komme ich, da er mehrmals diese Absicht geäußert hat und auch einmal versuchte. Er wurde in Zwickau von der Transportpolizei gestellt.«

Personenbeschreibung des Hannes Wobst:

»Scheinbares Alter:	15 Jahre
Größe:	1,65–1,70 m
Haare:	dunkelbraun, kurz
Bekleidung:	modernes, weinrotes Hemd, dunkelblaue Manchesterhose, schwarze Halbschuhe, braune Jacke
Besondere Kennzeichen:	trägt Brille mit dunklem Rahmen, ist sehr redegewandt.«

Nicht sofort ergreift die Polizei bei vermissten Sechzehnjährigen Fahndungsmaßnahmen. Doch aufgrund der dramatischen Schilderung der Umstände und einem anzunehmenden politischen Charakter nimmt die Polizei die Aussage von Gerhard Wobst zu Protokoll, aber so spät am Abend kann sie kaum eine erfolgreiche Suche in die Wege leiten. Zweifelnd verlässt Hannes' großer Bruder das Polizeirevier in der Witzgallstraße 22.

Gegen 2.30 Uhr steht Gerhard Wobst wieder vor dem Diensthabenden der Polizei und teilt mit, er habe seinen Bruder Hannes nun gefunden. Er bittet die Polizisten, sich mit ihm in die elterliche Wohnung zu begeben, um selbst in Augenschein zu nehmen, was dort geschehen sei. Nachts gegen 3 Uhr hält der Einsatzwagen vorm Haus 7017 Leipzig, Glafeystraße 22. Die Aussage des Gerhard Wobst wird sich bestätigen. Man findet in der elterlichen Wohnung nicht nur

Hannes Wobst. Die Beamten stellen fest: »Diebstahl gem. § 177/1 und 180 StGB, Sachbeschädigung gem. §§ 183 und 180 StGB.« Sichtbare Zeichen dafür: »Aufbrechung Kassette, Zerschlagung von Porzellan, Vasen, Uhr und Diebstahl v. 250,– Mark sowie 1 goldenen Taschenuhr«, zuvor nach Aussage des Gerhard Wobst entwendet. Die Tatzeit kann auf »Donnerstag, den 02.04.1970, 19.00 Uhr bis Freitag, 03.04.1970, 2.00 Uhr« festgelegt werden. Denn Gerhard Wobst erklärt noch einmal:

»Meine Eltern befinden sich seit dem 20.03.1970 in Ungarn (Ferien), während dieser Zeit wohnt mein Bruder Hannes bei mir. Da mein Bruder am 01.04.1970 nicht mehr in meiner Wohnung auftauchte, habe ich alle Wege eingeleitet, um ihn zu finden. Am 02.04.1970 gegen 23.00 Uhr erstattete ich auch dem Polizeirevier Südost eine Vermißtenanzeige, da der Verdacht oder die Vermutung bestand, daß mein Bruder die DDR verlassen will, was er bereits schon einmal getan hatte.

Da es mir keinerlei Ruhe ließ, suchte ich die Wohnung meiner Eltern mit meinem Schwager, Ronstedt, Volker, geb. 20.10.1944, 705 Leipzig, Kröbelstraße 12, und meiner Schwester, Ronstedt, Helga, am 02.04.1970 22.30 Uhr auf. Dort stellte ich fest, daß die Geldkassette aufgebrochen war, und in der Stube lag die Wäsche, welche aus dem Schrank gezogen war, herum. Außerdem lagen noch Vasen und Papiere in der Stube umher. Nachdem die Vermißtenanzeige aufgegeben war, ging ich nochmals mit meinem Schwager und meiner Schwester in die Wohnung zurück, dies war am 03.04.1970 gegen 2.00 Uhr. Auf unser Klopfen wurde die Tür nicht geöffnet, so daß wir mit Gewalt (Lärm) uns Zutritt zur Wohnung verschafften. Beim ersten Mal konnten wir mit dem Schlüssel meiner Eltern die Tür öffnen, wogegen beim zweiten Mal der Schlüssel von innen steckte und wir nicht hineinkamen. Beim Betreten der Wohnung stellte ich fest, daß auch in der Küche alles umherlag, wie Töpfe, Tisch umgeworfen usw. Beim Eintreffen in der Stube wurde festgestellt, daß noch mehr Gegenstände umherlagen als beim ersten Mal, als wir dort waren.

Gleichzeitig konnte ich feststellen, daß mein Bruder Hannes mit einer männlichen Person sehr eng aneinandergepreßt auf dem Sofa lag. Mein Bruder und der fremde Mann waren unter Alkoholeinwirkung. Beide lagen in der Turnhose, wobei der ›Fremde‹ noch einen Pullover anhatte, unter der Steppdecke auf dem Sofa, wovon der ›Fremde‹ den Hals von sich streckte, so daß man erkennen konnte, daß er Knutschflecke bekommen hatte.«

»Sexuelle Präferenzen und sexuelle Orientierung oder – genauer – die Geschlechtspartnerorientierung haben ihren Ausgangspunkt in der Ausbildung erotischer und sexueller Wünsche zu Beginn der Jugend. Diese werden in erster Linie durch deutliche hormonelle Veränderungen in der Pubertät ausgelöst und führen zu einer rasch zunehmenden sexuellen Reaktionsfähigkeit. Während der frühen Adoleszenz manifestieren sich sexuelle Orientierung und sexuelle Präferenzen in sexuellen Phantasien bis hin zu sexuellen Kontakten. Diese erotischen und sexuellen Phantasien tragen zur Organisation des inneren Erlebens und zu einem subjektiven Selbstverständnis bei, zur Auswahl sexueller Vorlieben sowie zur inneren Vorstellung über zwischenmenschliche Beziehungen. […] Diese meist frühen homosexuellen Kontakte stellen ein ganz normales Vorstadium im Geschlechtsleben mancher Jugendlicher dar und sind auf kürzere Episoden begrenzt.«

»Beide Personen wurden sofort zum VP-Revier Südost gebracht. Es handelt sich bei dem Fremden um:

Name:	Ebeling
Vorname:	Dieter

Geb.: 30.04.1948
Wohnhaft: 7026 Leipzig, Zeisigweg 27.

Auf dem VP-Revier gaben, auf Anweisung des Diensthabenden, beide Personen ihre Materialien, welche sie bei sich führten, ab. Dabei entdeckte ich, daß der Ebeling eine goldene Taschenuhr bei sich hatte, welche ein Erbstück meines Vaters ist. Der Ebeling gab an, daß er die Uhr und verschiedene andere Kleinigkeiten von seinem Freund Wobst, Hannes, geschenkt bekommen hat. Der Ebeling und mein Bruder sagten mir, daß sie Alkohol in der Gaststätte ›Zum Zecher‹, 7022 Leipzig, Georg-Schumann-Straße 84, getrunken haben. Ich möchte noch hinzufügen, daß mein Bruder Hannes vor meinem Vater keinerlei Respekt hat und ihn auch nicht achtet.

Ich mache meine Aussagen als Anzeigenerstatter, wenn erforderlich, auch zum Gegenstand einer zeugenschaftlichen Vernehmung. Über den Antrag auf Strafverfolgung kann ich keinen Einfluß nehmen, da ich dies meinen Eltern, welche am 05.04.1970 von Ungarn zurückkommen, überlassen muß.

Ich habe das Protokoll gelesen. Der Inhalt entspricht in allen Teilen den von mir gemachten Angaben. Meine Worte sind darin richtig wiedergegeben.«

Die Privatsachen aus der Wohnung werden Gerhard Wobst zurückgegeben. Er quittiert das:

»Übergabeprotokoll

03.04.1970

Am heutigen Tag wurden folgende Gegenstände übergeben:

- ▷ 1 Geldstück norwegischer Währung, 5 Öre, 1942
- ▷ 1 Geldstück niederländischer Währung, 2 1/1 Cent, 1913
- ▷ 1 Geldstück sowjetischer Währung, 2 Kopeken, 1962

- ▷ 1 Taschenuhr mit Kette, gelbes Metall, Sprungdeckel, Gravierung ›G Z‹
- ▷ 1 elektrischer Rasierapparat ›Komet‹
- ▷ 1 Filmspule, Schmalfilm
- ▷ 1 Stahlbandmaß, 2,00 m
- ▷ 1 Fahrerlaubnisschein auf den Namen Herbert Wobst
- ▷ 1 Registrierschein für Moped auf den Namen Volker Ronstedt
- ▷ 1 Registrierschein für Moped auf den Namen Gerhard Wobst
- ▷ 1 Packung mit Tabletten ›Tabox‹
- ▷ 1 angerissene Tafel Schokolade ›Van Houten‹
- ▷ 1 Werbepackung Schokolade ›Suchard de luxe‹
- ▷ 1 Schokoladentaler vom VEB Zetti
- ▷ 1 Flaschenverschluß mit Aufschrift ›Black and White‹
- ▷ 1 defekter Kugelschreiber wd. Erzeugnis
- ▷ 1 Druckkugelschreiber
- ▷ 5 verschiedene Faserschreiber
- ▷ 3 verschiedene Ganzmetallkugelschreiber
- ▷ 4 Kugelschreibertubetten
- ▷ 2 Kugelschreiberhüllen
- ▷ 1 Werbeschrift des VEB Fotokinoverlag Halle
- ▷ 26 Paranüsse.«

Hannes Wobst und sein auf dem Sofa liegender Kumpan, sie sind verwandt und kennen sich schon länger.

»03.04.1970

Name:	Ebeling
Vorname:	Dieter
Geb.:	30.04.1948
Beruf:	Hochbaumonteur

Familienstand: geschieden
Wohnhaft: Zeisigweg 27.

Am gestrigen Tag habe ich mich mit meinem Freund Hannes Wobst in der Georg-Schumann-Straße 123 bei meiner Schwiegermutter, der Frau Edith Haberkorn, getroffen. Wir fuhren mit der Taxe nach Stötteritz. Hannes bezahlte die Taxe. Dort sind wir in eine Gaststätte gegangen, den Namen kann ich nicht nennen, und haben dort vier Flaschen Bier und eine Schachtel Zigaretten gekauft. Das Bier und die Zigaretten hat Hannes bezahlt.

Etwa gegen 20 Uhr kamen wir in der elterlichen Wohnung von Hannes an. Er hat die Wohnungstür mit einem Schlüssel geöffnet, und wir haben dann im Wohnzimmer den Fernsehapparat eingeschaltet, und es kam gerade die Kriminalsendung ›Maigret‹. Während der Sendung tranken wir jeder zwei Flaschen Bier. Nach der Sendung hörten wir erst Plattenmusik, und dann fing der Hannes an, im Wohnzimmer die Schränke auszuräumen. Hannes erklärte mir, daß er Geld suche. Er begann, die Kassetten aufzumachen, und sagte: ›Da ist, glaube ich, Geld drin.‹ Ich sagte noch zu ihm: ›Das ist ja deine Sache.‹ Damit meinte ich, daß ich mit der Sache nichts zu tun haben wollte.

Nachdem mich der Hannes dann noch mehrere Male aufgefordert hatte, daß ich mitmachen solle, habe ich dann auch mit geräumt. Mehrere Male habe ich ihn gefragt, ob ich diesen oder jenen Gegenstand nehmen kann. Dies war beispielsweise bei den Transistorgeräten der Fall. Ich habe mir dann folgende Gegenstände genommen und eingesteckt. [s. o.]

Diese vorgenannten Gegenstände habe ich in der Wohnung weggenommen, eingesteckt und wollte sie behalten. Die einzige Ausnahme bildet der Rasierapparat, dazu hat mir Hannes seine Zustimmung gegeben und betont, daß dieser sein Eigentum sei.

Ich bestätige, daß ich alle Gegenstände, die auf dem Leibesvisitationsprotokoll stehen und hier in der Vernehmung nicht angeführt sind, zurückerhalten habe. Das Bargeld stimmt mit der angegebenen Summe – 261,06 Mark – genau überein.«

Mit Ermahnungen und dem Hinweis, dass dies nicht das Ende des Falles sei und dass die beiden mit Konsequenzen noch zu rechnen hätten, werden sowohl Hannes Wobst als auch Dieter Ebeling aus dem polizeilichen Gewahrsam entlassen.

Die Eltern von Gerhard und Hannes Wobst sind noch nicht aus ihrem Ungarn-Urlaub zurückgekehrt. Erst als sie in Leipzig eingetroffen sind, werden sie mit dem Verhalten ihres Sohnes Hannes konfrontiert. Kaum ist dies geschehen, ist Hannes bereits wieder allen Aufsichtspersonen entwichen. Sein Aufenthaltsort ist unbekannt. Nachfragen und Besuche bei seinen bevorzugten Anlaufstellen der Familie, bei Freunden, Klassenkameraden und Bekanntschaften schlagen fehl. Die Polizei ist über Hannes' Verschwinden informiert und schreibt den Jungen zur landesweiten Fahndung aus. Doch dieses Kind scheint wie vom Erdboden verschluckt. Die Eltern sind verzweifelt, aufgebracht und wütend. Der Vater hat sich bei einem Unfall seine Hand verletzt und wird krankgeschrieben. Da erreicht die Eltern aus Berlin ein Telegramm:

Berlin, 10.04.70, 13.50 Uhr

Ihr Sohn Hannes – geb. 16.9.54 – befindet sich im Durchgangsheim – 1017 Berlin, Alt-Stralau 34 – Abholung ohne zeitliche Bindung dringend notwendig

Petrich

In einem handschriftlichen Brief antwortet Mutter Wobst dem Chef des Heimes in Alt-Stralau auch im Auftrag ihres Gatten Herbert, dessen Hand durch seinen Unfall so verletzt ist, dass er nicht persönlich schreiben kann:

Sehr geehrter Herr Petrich!
Bezugnehmend auf ihr Telegramm vom 10.04.1970 teile ich Ihnen folgendes mit:

Der Aufforderung, unseren Sohn Hannes Wobst in Berlin abzuholen, können wir im Moment nicht nachkommen, da wir zur Zeit völlig mittellos sind.

Während unserer Abwesenheit in Ungarn (Urlaub) brach Hannes mit einem 22-jährigen Dieter Ebeling in unsere Wohnung ein und raubte uns sämtliches Bargeld und Wertpapiere (Scheckheft, Sparbücher und wertvolle Gegenstände).

Außerdem verursachten sie einen finanziellen Schaden von ca. 500,- M, den wir von unserem Restgeld begleichen konnten.

Akten über diesen Vorfall liegen unter dem Namen Dieter Ebeling bei der Kriminalaußenstelle, 7027 Leipzig, Witzgallstraße.

Wir bitten Sie, uns umgehend mitzuteilen, ob Sie Hannes der Berliner Kriminalpolizei übergeben, die Hannes nach Leipzig überführt.

Wir selbst können erst ab 26.04.1970 nach Berlin kommen, da wir da Gehaltszahlung bekommen.

Mit soz. Gruß
Fam. Herbert Wobst

Dann ist Hannes wieder bei den Eltern. Mit den Ermittlungsorganen und Bildungseinrichtungen finden mehrere Aussprachen statt:

»17.04.1970

Betreff: Rücksprache mit den Eltern des Hannes Wobst
Mit den Eltern des Jugendlichen

Name:	Wobst
Vorname:	Hannes
Geb.:	16.09.1954
Vater:	Herbert Wobst, geb. 01.02.1920

Mutter:	Edelgard Wobst, geb. 07.10.1923

wurde in hiesiger Dienststelle eine Aussprache geführt. Dabei wurde Übereinstimmung erzielt, von strafrechtlichen Maßnahmen abzusehen mit der Zielrichtung, daß der Hannes einer psychiatrischen Untersuchung unterzogen wird und danach durch das Referat Jugendhilfe über weitere Maßnahmen entschieden werden kann.

Beide Elternteile haben bereits in der Psychiatrischen Klinik in der Riemannstraße bei Herrn Dr. Unger vorgesprochen, da Hannes seit circa zwei Jahren dort in ambulanter Behandlung ist.

Sie sind nicht damit einverstanden, daß Herr Dr. Unger die Untersuchungen ambulant durchführen will, da Hannes in letzter Zeit mehrfach von zu Hause abgängig war. Sie sind vielmehr der Auffassung, daß die Untersuchung stationär erfolgen soll.

Dieserhalb wollen sich die Eltern mit einer Eingabe an den Stadtarzt und Leiter der Abteilung Gesundheits- und Sozialwesen beim Rat der Stadt Leipzig, Genossen Medizinalrat Dr. med. Brandstetter, wenden.

Kriminalmeister Schmidt«

Noch bevor geeignete pädagogische Maßnahmen angelaufen sind und die eingehende psychiatrische Untersuchung erfolgen konnte, wird Hannes Wobst, kaum drei Wochen nach dem Vorfall, erneut zum Gegenstand polizeilicher Ermittlungen:

»Anzeige

24.04.1970

Name:	Ratzow
Vorname:	Mathilde Louise Berta
Wohnhaft:	7112 Großdeuben, Kr. Leipzig, Kirchstr. 8
Geb.:	13.12.1890 in Großdeuben.

Sie gibt an: Der Täter besuchte die Geschädigte. Diese ließ ihn in die Wohnung, da sie ihn kannte. Er entwendete ein Kofferradio. Im Keller warf er mit Marmeladengläsern nach ihr und verletzte sie.

›Am 24.04.1970 gegen 14.30 Uhr erschien bei mir der Hannes Wobst und wollte mich besuchen. Ich kannte ihn schon als Schüler, da wohnte die Familie noch in Großdeuben. Da er immer ein netter Junge war, ließ ich ihn in die Wohnung und habe mich mit ihm eine Weile unterhalten. Da ich noch Arbeiten zu erledigen hatte, forderte ich ihn dann auf, zu gehen. Ich ging ihm voraus die Kellertreppe hinunter, um ihn zum hinteren Ausgang rauszulassen. Im Heizraum drehte ich mich um und sah bei ihm unser Kofferradio. Ich hatte noch nichts gesagt, als er auch schon mit Marmeladengläsern nach mir warf. Ich versuchte, meinen Kopf zu schützen, und rief um Hilfe. Da lief er an mir vorbei aus dem Haus und durch den Garten. Auf dem Pleißendamm lief er dann in Richtung Gaschwitz.

Durch die zerschlagenen Gläser habe ich an der linken Wange und am rechten Unterarm Schnittverletzungen davongetragen.

In der Unterhaltung hatte er zum Ausdruck gebracht, daß er nicht mehr zu Hause sei, sondern sich in der Menckestraße in Leipzig bei einer Frau aufhält, die sich z. Zt. in Westdeutschland besuchsweise aufhalten soll.‹

Beschreibung des Täters:	ca.165 cm groß, schmales längliches Gesicht, dunkles Haar
Bekleidung:	buntes Hemd, dunkler Anorak, dunkle Hose.

Nachtrag: Da die Geschädigte zum Zeitpunkt der Anzeige weder Marke noch Nummer des Kofferradios angeben konnte, wurden die entsprechenden Daten durch den Sohn der Frau Ratzow, welcher mit ihr zusammenwohnt, nachgereicht. Es handelt sich um ein Kofferradio Marke ›Stern 112‹ des VEB Stern-Radio Berlin.«

Es war die Weiterentwicklung des durch Lutz Seiler zum literarischen Bestseller gewordenen Modells *Stern 111* (2020):

Modell:	Stern 112 (R 112)
Herstellungsjahr:	1965
Beschreibung:	Transistorkofferradio mit UKW
Schaltung:	Superhet
Transistoren:	9 (GF 142 / 3 x GF 130 / GC 100 / GC 116 / 2 x GC 121)
Kreise:	MW, KW (5,8–7,6 MHz), UKW
Lautsprecher:	1
Spannung:	9 Volt
Gehäuse:	Holz / Plastik
Skala:	rechteckig
Abstimmung:	Drehknopf
Komfort:	Tragegriff, Teleskop-Antenne, 5-fach-Tastensatz
Gewicht:	2,5 kg
Maße:	26,5 cm / 16 cm / 8 cm
Zusatzanschlüsse für:	TA/TB / Kopfhörer / externe Antenne.

Mathilde Ratzows Sohn gibt zum entwendeten »Stern 112« noch die Beschreibung: »Farbe: rot; Griff und Tasten: schwarz; Griff mit Aluleiste abgesetzt; Gerätenummer: 25140; Schlüsselnummer: 711340; Wert: 515,– Mark. Besondere Merkmale konnten nicht angegeben werden. Das Gerät ist ohne Tragetasche.«

Abermals ist der Dieb seinem Elternhaus entwichen. Und wieder wird Hannes Wobst zur Fahndung ausgeschrieben:

»26.04.1970
Aufgreifen des Jugendlichen Wobst lt. FS [Fernschreiben] 1313

Am heutigen Tage gegen 18.20 Uhr erhielten wir den Auftrag vom ODH [Operativer Diensthabender], nach 7039 Leipzig, Russenstraße 49, zu fahren. Dort übergab uns die Bürgerin

Name:	Clauß
Vorname:	Ingeborg
Geb.:	07.07.1950
Wohnhaft:	wie oben angegeben

den lt. FS 1313 vom 22.04.1970 zur Fahndung stehenden Jugendlichen Wobst, Hannes.

Der W. gab an, daß er seit dem 05.04.1970 unter Mitnahme von 500,– Mark von zu Hause abgängig sei. Er will sich in der Zwischenzeit in Berlin und Leipzig herumgetrieben haben. Genächtigt hat er seinen Angaben zufolge in Holzhausen in einer Feldscheune. Weiteres konnte von ihm nicht herausbekommen werden. Der W. wurde dem Rev. SO [Revier Südost] zugeführt.

Im Rev. SO erreichte uns ein Anruf des ODH, dem zufolge der Wobst vom Rev. Markkleeberg wegen Diebstahls und Körperverletzung gesucht wird. Der W. wurde auf Weisung des ODH nach dem Rev. Markkleeberg gebracht.«

»Rev. Markkleeberg, 27.04.1970
Ich wurde durch den Diensthabenden verständigt und führte die Beschuldigtenvernehmung durch. Anschließend, gegen 4.30 Uhr, wurde der Wobst mit FStW [Funkstreifenwagen] seinen Eltern in der Wohnung übergeben. In seiner Vernehmung gab der Beschuldigte an, daß er dieses Kofferradio in Großdeuben, Zehmener Straße, auf der Brücke abgestellt haben will. Der Ort wurde aufgesucht, aber das Radio konnte nicht gefunden werden.«

Nachdem die Polizei das Haus verlassen hat, stellen die Eltern ihren Sohn zur Rede – mit Erfolg. Sie teilen Kriminalmeister Müller, dem ermittelnden Beamten, noch in den frühen Morgenstunden mit:

28.04.1970

Sehr geehrter Herr Müller!
Würden Sie bitte so freundlich sein, heute, Dienstag, den 28.04.1970, wenn möglich vormittags, bei uns zu Hause vorbeizukommen. Wir haben ein volles Geständnis von Hannes auf Tonband, was der ganzen Angelegenheit ein neues Gesicht gibt. Mein Mann hatte einen Unfall und ist zu Hause. Ich selbst bin bis 13.30 Uhr auf dem Bahnhof Lpz-Stötteritz unter der No. 81934 zu erreichen.

Mit sozialistischem Gruß
Edelgard Wobst

In einer erneuten Beschuldigtenvernehmung befragt die Polizei den Jungen zum Geschehen der letzten Tage. Hannes Wobst schildert es aus seiner Sicht:

»Am 16.04.1970 gegen 16.00 Uhr hat mich meine Mutter aus dem Durchgangsheim in Leipzig abgeholt. Ich fuhr mit meiner Mutter mit der Straßenbahn, und wir wollten nach Hause. Am Bahnhof Stötteritz mußte ich absteigen, um jemand aus der Straßenbahn zu lassen. Diese Gelegenheit habe ich benutzt, um wieder auszureißen. Ich bin bis zur Busendstelle gelaufen. Von dort bin ich mit dem Bus nach Markranstädt gefahren. Dort hatte ich einen Schuppen gefunden, in dem Holz gestapelt war. In diesem Schuppen habe ich drei oder vier Nächte lang geschlafen. An den Tagen habe ich mich teilweise in Markranstädt, aber in der Hauptsache in Leipzig aufgehalten. Ich habe Flaschen gesammelt und Papier. Diese habe ich in den Altstoffhandel in der Hofer -/Witzgallstraße abgegeben. Die anderen Nächte war ich einmal in Holzhausen in der Scheune, dann habe ich eine Nacht unter einem Wohnwagen auf dem Parkplatz an der Großen Fleischergasse geschlafen. Dann habe ich mich zeitweilig in Haltestellenhäuschen aufgehalten, aber wo das alles war, weiß ich nicht mehr genau. Einmal war es an der Strecke nach Schkeuditz bei Hänichen. Die letzten beiden Nächte habe ich von Freitag bis zum Sonnabend und vom Sonnabend zum Sonntag in einem Schuppen in der Russenstraße 49 geschlafen. Am Sonntag, den 26.04.1970, habe ich Frl. Clauß in der Russenstraße 49 besucht. Ich kannte sie durch meine Schwester und hatte immer Vertrauen zu ihr. Durch sie kam es dann, daß ich von dort durch die Volkspolizei abgeholt wurde. Ich habe in Leipzig und auch woanders nichts geklaut.

Wegen des ständigen Krachs im Elternhaus, in Bezug auf den Einbruch, kam ich auf den Gedanken, von zu Hause abzuhauen. Es war genau am 06.04.1970, als ich gegen 5.00 Uhr die elterliche Wohnung verlassen habe. Meine Eltern glaubten, ich gehe in die Berufsschule.

Die geklauten Radios habe ich meinem Onkel Hans-Jürgen Haberkorn verkauft. Er wollte in Raten zahlen. Das Scheckbuch meiner Eltern hatte ich seit dem 26.03.1970 in Besitz. Ich habe circa insgesamt 400,– Mark abgehoben. Von der Schwester habe ich circa 200,– Mark, von der Mutter circa 70,– Mark, vom Vater circa 150,– Mark Bargeld entwendet. Gleichfalls nahm ich circa 30,– Mark Westgeld, dies lag in einer Geldkassette bei uns zu Hause. Ebeling hat nichts bekommen, er wollte kein Bargeld haben. Ich habe das ganze Geld alle gemacht, ich meine, für mich verbraucht, bloß so in Gaststätten usw. ausgegeben. Das Westgeld gab ich im Intershop für Schokolade und gute Zigaretten aus. Diese Dinge kaufte ich mir am Hauptbahnhof.«

Frage:

»Wie stellen Sie sich Ihren weiteren Lebensweg vor?«

Antwort:

»Das weiß ich heute noch nicht. Ich muß abwarten, was jetzt erst mit mir wird. Ich habe derzeitig auch keine Vorstellungen über meinen weiteren Lebensweg. Hier in der Haftanstalt habe ich jetzt keine Sorgen, keine Beschwerden vorzubringen.«

Im Geständnis gibt Hannes Wobst an, nicht nur den Radioapparat »Stern 112« der Mathilde Ratzow bei sich gehabt zu haben, sondern auch ein »Transistorradio ›Mikki Nr. 1432‹, dessen Eigentumsverhältnisse noch zu klären sind«. Hannes behauptet, es sei sein Eigentum. Das allerdings habe er – wie den »Stern 112« – einem Hans-Jürgen Haberkorn verkauft. Er brauchte das Geld.

»28.04.1970

Auftragsgemäß wurde die Wohnung des

Name:	Haberkorn
Vorname:	Hans-Jürgen
Geb.:	08.05.1935
Wohnhaft:	7022 Leipzig, Stockstr. 15

aufgesucht, um das Radiogerät ›Stern 112‹ in Form einer freiwilligen Herausgabe beizuziehen.

Der Obengenannte wurde angetroffen und erklärte, daß er das Gerät an einen Bekannten, dem

Name:	Zeiske
Vorname:	Gerhard
Wohnhaft:	7022 Leipzig, Georg-Schumann-Str., Nr. unbekannt,

ausgeliehen hat. Haberkorn will den Zeiske noch heute aufsuchen, und dann könnte Haberkorn das Gerät am 29.04.1970 zur Dienststelle vor Arbeitsbeginn gegen 8.00 Uhr bringen.

Haberkorn zeigte zwei Notizzettel vor, auf denen ersichtlich ist, daß er ein Radiogerät Marke ›Stern 112‹ und ein Radiogerät Marke ›Mikki‹ von Hannes Wobst gekauft hat. Beide Zettel und das Radiogerät ›Mikki‹ (z. Zt. nicht spielbar) wurden beigezogen.«

Das Mikki war das erste und kleinste in der DDR produzierte Taschenradio (95 x 61 x 28 mm). Es wurde ab 1962 bei Stern Radio in Berlin produziert. Es empfing lediglich Mittelwelle (510–1620 kHz) über die integrierte Ferritantenne. Das Gerät verfügte ansonsten über einen Kopfhöreranschluss an der Unter- und einen Aufstellbügel an der Rückseite. Beim später produzierten Mikki 2 wurde lediglich die Transistorbestückung und Platinenbeschaltung geringfügig geändert. Die Geräte wurden außerdem mit einer Ledertasche ausgeliefert und für 155,– Mark vertrieben.

Übergabeprotokoll

28.05.1970

Ich bestätige durch meine Unterschrift, daß ich vom Untersuchungsorgan Leipzig am heutigen Tage mein Kofferradio »Stern 112«, welches mir der Jugendliche Wobst, Hannes, entwendet hatte, zurückerhalten habe.

Da das Gerät nicht spielt, werde ich es zum Fachmann geben, es überprüfen lassen, und sollte dann ein nennenswerter Schaden anliegen, werde ich denselben zur Verhandlung gegen Wobst vorbringen. Vermutlich ist nur die Batterie leer. Zur Zeit habe ich keine geldlichen Forderungen an Wobst.

Mathilde Ratzow

Bei der Polizei muss Hans-Jürgen Haberkorn erklären, wieso er von einem knapp Sechzehnjährigen zwei Radiogeräte erworben hat:

»29.04.1970

Frage:

Herr Haberkorn, unter welchen Umständen lernten Sie den Hannes Wobst kennen?

Antwort:

Ich bin seit Oktober 1968 geschieden. Hannes war ein Verwandter von meiner geschiedenen Frau, deshalb kenne ich ihn auch. In letzter Zeit hat er mich öfter besucht, er kam auch manchmal mit meiner geschiedenen Frau, diese besucht mich ab und zu auch noch, wegen der Kinder. Ich habe fünf Kinder, welche mir zugesprochen wurden, sie befinden sich im Wochenheim. Ich selbst bin noch nicht wieder verheiratet.

Frage:

Wie gelangten Sie in den Besitz der beiden Kofferradios?

Antwort:

Am 09. oder 10.04.1970 war ich in der Wohnung meiner geschiedenen Frau, diese wohnt 7022 Leipzig, Georg-Schumann-Straße. Die Hausnummer kann ich im Moment nicht angeben. Ich wollte von meiner Frau den Unterhalt für meine Kinder holen. In der Wohnung hielt sich auch Hannes auf. Er hatte das ›Mikki‹-Kofferradio bei sich und sagte zu mir, daß er es verkaufen will für 70,– Mark. Er sagte, daß das Gerät sein Eigentum wäre, und er brauchte Geld, für was, hat er mir nicht gesagt. Ich habe daraufhin zu ihm gesagt, daß ich das Radio nehme, und gab ihm am gleichen Tag 55,– Mark und den Rest von 15,– Mark am 16.04.1970. Der Kauf fand also in der Wohnung von meiner geschiedenen Frau statt, diese heißt Edith Haberkorn. Die Quittung über den Kauf habe ich der VP gestern übergeben. Am 24.04.1970 kam Hannes in meine Wohnung und brachte ein Kofferradio ›Stern 112‹. Er erzählte mir, daß er das Radio von einem

Schulfreund aus Großdeuben habe. Den Namen des Schulfreunds nannte er nicht. Er sagte weiterhin, daß er von dem Schulfreund Geld haben wollte, warum sagte er nicht, und der Schulfreund ihm dafür das Radio gegeben hat. Hannes wollte mir nun das Gerät für 250,– Mark verkaufen. Da Hannes acht Tage bei mir gewohnt hatte, und ich hatte ihn auch verpflegt, war mir der Preis zu hoch. Ich hatte meine Wohnung neu vorgerichtet, und da hat mir Hannes mitgeholfen, deshalb war er also acht Tage bei mir. Wir einigten uns dann auf den Preis von 220,– Mark. Er ließ bei mir das Radio, und ich wollte ihm dann den Preis von 220,– Mark in Raten abzahlen. Diese Woche wollte ich ihm die erste Rate in Höhe von 50,– Mark zahlen. Ich habe also bisher für dieses Gerät noch nichts bezahlt. Es wurde diesbezüglich auch schriftlich ein Kaufvertrag zwischen uns gemacht, diesen habe ich ebenfalls gestern der VP übergeben. Auf keinen Fall habe ich angenommen, daß die Geräte eventuell aus strafbaren Handlungen stammen könnten. In Zukunft werde ich nicht wieder so leichtsinnig handeln, ich habe schon meine Lehren daraus gezogen. Ich übergebe hiermit freiwillig der Volkspolizei die beiden Kofferradios, damit die Sache geklärt werden kann. Schadensersatzansprüche bezüglich des ersten Geräts ›Mikki‹ behalte ich mir vor.«

Aufgrund der Vorkommnisse bestellt man Dieter Ebeling nochmals ein, er muss seine Angaben präzisieren:

»Vernehmung

29.04.1970

Frage:

Wann trafen Sie am 02.04.1970 mit dem Jugendlichen Wobst, Hannes, zusammen?

Antwort:

Am 02.04.1970 gegen 16 Uhr traf ich bei meiner Schwiegermutter, Frau Edith Haberkorn, 7022 Leipzig, Georg-Schumann-Straße 123, von Arbeit kommend ein. In der Wohnung traf ich den Wobst, Hannes, der mit Frau Haberkorn verwandt ist. Ich mußte feststellen, daß der Hannes angeheitert war und eine Flasche Sekt trank. Diese brachte er in die Wohnung mit. Wo er hergekommen war, kann ich nicht sagen. Im Laufe des Abends erzählte er, daß er das Leben satt habe und er sich unter die Straßenbahn werfen wolle. Ich habe versucht, ihn davon abzubringen.

Frage:
Wann verließen Sie mit Wobst die Wohnung?

Antwort:
Gegen 18.30 Uhr verließ ich mit ihm die Wohnung. Meine Absicht war, ihn nach Hause zu bringen. In der Georg-Schumann-Straße/Ecke Wiederitzscher Straße hielt ich dazu eine Taxe an. Wir fuhren danach in die Glafeystraße 22. Vorher hatten wir aus einer Gaststätte, die in der Wohnumgebung liegt, zwei Flaschen Bier und eine Schachtel Zigaretten geholt. Bezahlt hatte sie der Hannes. In der Wohnung sahen wir 20 Uhr die französische Kriminalserie ›Maigret‹. Den Inhalt dieser Serie kann ich nicht mehr sagen. Dazu tranken wir das Bier und rauchten Zigaretten. Dann führten wir die Diebeshandlung in der Wohnung durch, zu der ich bereits meine Aussagen machte. Daß sie von der Kriminalserie angeregt wurde, glaube ich nicht.

Frage:
Wann haben Sie die Wohnung verlassen?

Antwort:
Gegen 22.30 Uhr verließen wir die Wohnung, in der Absicht, wieder nach der Georg-Schumann-Straße 123 zu fahren, damit er dort mit schläft. Vor der Gaststätte ›Zum

fröhlichen Zecher‹ in der Georg-Schumann-Straße hielten wir an, da Hannes noch etwas für Frau Haberkorn kaufen wollte. Dazu ist es aber nicht gekommen, sondern wir blieben in der Gaststätte hängen.

Frage:

Was ereignete sich während der Fahrt im Taxi?

Antwort:

Ich muß hier berichtigen, daß sich das geschilderte Vorkommnis auf der Fahrt von der Wiederitzscher Straße zur Glafeystraße ereignete.

Nach kurzer Fahrt versuchte er, sich während der Fahrt aus dem Taxi zu werfen. Dazu hatte er schon die linke Tür geöffnet. Ich konnte ihn noch zurückreißen und schloß die Tür wieder. Während der gesamten Fahrt hielt ich ihn dann fest. Er versuchte, sich immer wieder loszureißen, und deshalb mußte ich ihn in den sogenannten Schwitzkasten nehmen. So hielt ich ihn dann fest, bis wir wieder ausgestiegen sind.

Während der Fahrt äußerte er, zum Taxifahrer gerichtet, daß dieser dumm sei. Weiterhin, daß er den Taxifahrer umbringen möchte, wenn er dazu käme. Ich wies ihn noch darauf hin, daß er ruhig sein solle und nicht so einen Mist erzählen solle. Er konnte praktisch auch gar nichts unternehmen, da ich den Hannes fest in der Klemme hielt. Der Taxifahrer äußerte noch, daß der spinnt, und nahm die Warnung vom Hannes auch wahrscheinlich nur im Spaß auf, da er wußte, daß der stark angetrunken war.

Frage:

Wie lange hielten Sie sich in der Gaststätte ›Fröhlicher Zecher‹ auf?

Antwort:

Wir hielten uns circa eine Stunde auf, tranken eine Flasche Sekt, wovon Hannes circa zwei Glas trank. Ich bestellte mir außerdem zwei Glas Bier, die ich trank. In der Gaststätte wurde er nicht nach seinem Alter befragt, ebenso wurde nicht sein PA [Personalausweis] verlangt. Hannes bestellte in der Gaststätte die Flasche Sekt, die er auch anstandslos bekam. Ich weiß, daß Hannes etwa 15 oder 16 Jahre alt ist, und habe weiterhin als Erwachsener geduldet, daß er in der Gaststätte alkoholische Getränke zu sich nahm, obwohl er schon angetrunken war. Bezahlt hat Hannes in der Gaststätte. Danach sind wir nicht, wie vorgesehen, zu Haberkorns, sondern zu ihm in die Wohnung zurück mit einer Taxe gefahren. Dort gab es keine Zwischenfälle mehr. Gegen 2 Uhr sind wir von seiner Schwester, seinem Schwager und dem Bruder in der Wohnung aufgesucht und zu dem Revier Südost gebracht worden.

Frage:

Warum ließen Sie sich von dem Jugendlichen finanziell aushalten?

Antwort:

Ich wußte, daß er das Geld, welches er bei sich führte, seinen Eltern gestohlen hatte. Obwohl ich ihm sagte, die Zeche zu bezahlen, lehnte er es ab und bezahlte selbst. Damit hatte ich mich eben abgefunden.«

So ergeht gegen Hannes Wobst am 29. April 1970 der Haftbefehl, denn die Beamten gehen davon aus, dass er als Jugendlicher die erforderliche Schuldfähigkeit besitzt. Aufgelistet werden die »Vergehen gem. §§ 126 Abs. 1 und 2, 128 Abs. 1 Ziff. 1 und 4, 63 Abs. 2, 65, 66 StGB«, und sie sind gesetzlich begründet, »weil ein Verbrechen den Gegenstand des Verfahrens bildet und darüber hinaus eine wiederholte, gleichartige und erhebliche Verletzung des Strafrechts vorliegt, somit Wiederholungsgefahr besteht. Außerdem besteht Fluchtverdacht gem. § 122 Abs. 2 Ziff. 1 StPO, da der Beschuldigte sich oft unerlaubt vom Elternhaus entfernte, unbekannten Aufenthalts war und somit mit der Tatsache gerechnet werden muß, daß er sich verbergen wird, um sich der Strafverfolgung zu entziehen.«

Da es zu einem gerichtlichen Verfahren kommen wird, spricht die Polizei auch mit weiteren Familienangehörigen, um sich ein umfassendes Bild von Hannes Wobst und seinem sozialen Umfeld und seinem Verhalten zu machen. So sucht sie Hannes' Onkel Erich auf und stößt auf weitere Ungereimtheiten und Verdachtsmomente:

»19.05.1970

Name:	Wobst
Vorname:	Erich
Geb.:	23.07.1903
Beruf:	Maler
Wohnhaft:	Lutherstr. 5 / III.

Meinem Neffen haben meine Frau und ich schon immer etwas mißtraut und ihm nie die Gelegenheit gegeben, sich allein in unserer Wohnung aufzuhalten. Der gesamte Sachverhalt, daß mein Neffe am 16.04.1970 seinen Eltern ausgerissen ist, als sie ihn aus dem Durchgangsheim abgeholt hatten, war mir erst später bekannt geworden.

Donnerstag spiele ich mit Freunden in jeder Woche zwischen 19 und 21 Uhr Skat. Dafür suchen wir die verschiedensten Wohnungen auf. Meinem Neffen war das bekannt, so daß er annehmen mußte, daß ich am Donnerstag, dem 16.04.1970, abends nicht zu Hause anzutreffen bin.

An besagtem Tag kam ich gegen 18 Uhr von der Arbeit nach Hause. Als ich unser Wohngrundstück betrat, hörte ich ein scharfes zweimaliges Klingeln. Da wir nur eine solche Klingel haben, wußte ich, daß jemand zu uns wollte. Wir wohnen in der dritten Etage. Auf dem Podest der zweiten Etage sah ich drei junge Burschen im Alter von etwa 16 Jahren stehen. Einer davon trug einen Hut mit schmaler Krempe. Die beiden anderen männlichen Personen waren ohne Kopfbedeckung, ich kann diese nicht näher beschreiben.

Während ich die Treppen weiter hochstieg, hörte ich etwas von der dritten zur vierten Etage hochschleichen. Da in dieser vierten Etage junge Mädchen wohnen, beachtete ich das Schleichen nicht weiter, so daß ich unsere Wohnungstür aufschloß. Meine Frau saß im Wohnzimmer, sie war eingeschlafen und hatte aus diesem Grunde das Klingeln nicht vernommen.

Ich war etwa fünf Minuten in der Wohnung, als es wieder klingelte. Mein Neffe Hannes stand an der Vorsaaltür. Die vorangegangene Beobachtung brachte ich mit seinem Erscheinen in Verbindung. Und ging deshalb gleich auf ihn zu und sagte, daß er doch mit den draußen stehenden Banditen zusammengehöre. Mein Neffe verneinte und versicherte mir, soeben von der Arbeit gekommen zu sein. Hannes erhielt von uns Abendbrot.

Gegen 18.45 Uhr verließ ich unsere Wohnung, um zum Skaten zu gehen. Um den Neffen recht schnell wieder loszubekommen, sagte ich laut, damit er es hören konnte, meine Frau soll in einer halben Stunde nachkommen.

Beim Verlassen unseres Hauses sah ich keine fremden Personen. Als ich an der Ecke Luther-/Jonasstraße stand und nach den Jugendlichen Ausschau hielt, sah ich plötzlich in einer Toreinfahrt einen Kopf mit dem beschriebenen Hut vorgucken. Ich ging deshalb dorthin, um mir einen Jugendlichen zu greifen. Bevor ich in der Jonasstraße das Grundstück erreichen konnte, rissen die Jugendlichen aus.

Bemerken muß ich jedoch, daß ich einen Jugendlichen packen wollte, ihn lediglich vorn streifte, er glitt mir praktisch aus den Fingern. Von einem erhielt ich dabei einen

Stoß in den Rücken, ich fiel nach vorn, beschmutzte mich dabei und suchte deshalb noch einmal unsere Wohnung auf. Meine Frau und meinen Neffen setzte ich davon in Kenntnis und sagte ihm auf den Kopf zu, daß er mit diesen in Verbindung stehe. Ich war nur kurz in der Wohnung. Nachdem ich mich gewaschen und umgezogen hatte, verließ ich diese.

Jetzt standen die drei Jugendlichen auf der gegenüberliegenden Straßenseite unseres Grundstücks. In diesem Falle ließ ich es dabei bewenden.

Gegen 22 Uhr kam ich am 16.04.1970 vom Skaten nach Hause. Meine Frau erzählte mir folgendes: Kurz nachdem ich zum zweiten Male unsere Wohnung verlassen hatte, es war etwa gegen 19 Uhr, forderte meine Frau den Neffen auf, nunmehr schnellstens die Wohnung zu verlassen, und gab an, daß sie sich waschen müsse. Hannes fragte daraufhin, ob er nicht erst einmal noch die Toilette aufsuchen könnte, was ihm gestattet wurde. Der Neffe zog daraufhin seine Jacke aus und warf diese auf die Kautsch, anschließend ging er zum Klo. Aufgrund seiner Liederlichkeit hob meine Frau seine hingeworfene Jacke auf und wollte sie über die Stuhllehne hängen. Beim Hochheben stellte sie fest, daß die Jacke schwer war, und sah innen in der Seitentasche einen circa 40 Zentimeter langen Gummischlauch. Nach Angaben meiner Frau war dieser Schlauch mit Draht umwickelt.

Meine Frau erschrak über diese Feststellung und warf die Jacke wieder so hin. Als Hannes vom Klo zurückkam, setzte sie alles daran, daß der Junge sofort die Wohnung verließ.

Beim Anziehen der Jacke öffnete in dieser Zeit meine Frau das Wohnzimmerfenster. Sie sah unten drei männliche Jugendliche stehen, welche sich etwas zugerufen hatten. Meine Frau hatte es nicht richtig verstanden. Entweder sie riefen, kommt er bald herunter, oder aber, komm einmal herunter.

Als Hannes unsere Wohnung verlassen hatte, war für sie alles erledigt. Ob Hannes mit den unten stehenden Burschen fortgegangen ist, kann sie nicht sagen.

Frage:
Sind Sie Briefmarken- und Münzensammler?

Antwort:
Jawohl, ich sammle Briefmarken, Münzen besitze ich nur wenige. Mein Neffe hat Kenntnis von der Aufbewahrung dieser Dinge.«

Das Geschehen dieses Abends schildert Onkel Erichs Ehefrau

»Name:	Wobst, geb. Heiduczek
Vorname:	Emilia
Geb.:	02.12.1908 in Neuhaiduck/VR Polen
Beruf:	Rentnerin und Reinigungskraft«

fast gleichlautend wie ihr Mann. Auch wenn Neffe Hannes bestreitet, die drei männlichen Gestalten vorm Haus gesehen zu haben, so hält Emilia Wobst diese Angabe für »ziemlich unglaubwürdig«, denn als Hannes ihr Haus verließ, muss er auf die drei gestoßen sein, die standen dem Hauseingang fast genau gegenüber, und Verkehr hat zu dieser Stunde auf der Nebenstraße nicht geherrscht.

»*Frage:*
Ihnen wurde inzwischen bekannt, warum Hannes zu Ihnen gekommen war, welche schlechte und gemeine Handlung er ausführen wollte. Was können Sie dazu sagen beziehungsweise was könnte das Motiv für diese beabsichtigte Handlung bei Hannes sein?

Antwort:
Das war für mich, meinen Mann, alle Verwandten restlos unverständlich, ja, einfach unmöglich, was der Junge beabsichtigt hatte. Das hätten wir niemals erwartet.

Meine hier bei mir befindliche Tochter, sie heißt Annegret Musiol, kann bestätigen, daß der Hannes, überhaupt alle seine Geschwister, die zuvor öfter zu uns kamen, sich immer anständig und gut verhalten haben.

In der Unterhaltung mit Hannes hatte man in letzter Zeit immer den Eindruck, als wäre Hannes nicht erst 14, sondern schon 18 Jahre alt, schon so richtig altklug war sein Benehmen. Aber nie frech oder ungezogen. Ich könnte ihn sogar als zuvorkommend bezeichnen. Darum sind wir alle so restlos sprachlos, daß Hannes eine derartige unmögliche und gemeine Handlung mit mir geplant hatte.

Wir alle zweifeln nicht daran, daß beide Eltern vom Hannes sich ständig bemühten, ihre Kinder ordnungsgemäß zu erziehen. Die Eltern heißen bestimmt diese Sache nicht gut, sie werden genau wie wir alle darüber sprachlos sein.

Hannes weiß, daß ich sehr sparsam bin, er hat auch Kenntnis, daß der Onkel Erich Briefmarken und Münzen sammelt, beziehungsweise wird der Umgang mit diesen unbekannten Jugendlichen gleichfalls dazu beigetragen haben, daß er den Entschluß faßte, sich in den Besitz der Marken und Münzen zu setzen, um auch Geld bei der Handlung an meiner Person zu erbeuten. Das Ganze ist einfach unfaßbar, darum kann ich kaum etwas dazu sagen. Abschließend kann ich nur sagen, der Hannes hat mir am 16.04.1970 nichts Nachteiliges getan, er ist gegangen. Hannes hatte uns nie angepumpt, aber wenn er kam, habe ich immer Obacht auf den Jungen gegeben, darum hatte er nicht die Möglichkeit, bei uns eventuell etwas wegzunehmen.«

Die Beurteilung des Arbeitskollektivs des Lehrlings Hannes Wobst: »Das Verhalten gegenüber seinen Ausbildern war bisher höflich und zuvorkommend, wobei er jedoch oftmals versuchte, durch unwahre Angaben sich pflichtbewußter Arbeit zu entziehen. Gegenüber seinen Mitarbeitern war er im allgemeinen jedoch vorlaut, gleichgültig und unzuverlässig. W. hatte während der mit vielen Unterbrechungen währenden Betriebszugehörigkeit keine kollektive Bindung, welche jedoch durch den Mangel an etwa gleichaltrigen Kollegen nicht allzu sehr begünstigt wurde. Das Betriebs- bzw. Arbeitskollektiv versuchte anfänglich, auf ihn positiv und erzieherisch einzuwirken, erntete von ihm dabei jedoch wenig Verständnis, so daß die kollektive Bindung zu ihm sichtbar immer geringer wurde.«

Die Einschätzung beim Referat Jugendhilfe Leipzig-Stötteritz:

»28.05.1970

Ergänzend zur schriftlichen Einschätzung erklärte die Kollegin Meier, daß der Jugendliche Wobst dem Referat seit 1968 bekannt ist. Zu diesem Zeitpunkt erhielt das Referat Mitteilung, daß der Jugendliche sexuelle Handlungen an Mädels durchgeführt hat. Die beigezogenen Auskünfte ergaben, daß der Jugendliche zu diesem Zeitpunkt schon geraucht hat und dem Alkohol zusprach. Eine weitere Mitteilung ging ein, als der Jugendliche im Jahre 1969 den Versuch unternahm, die Deutsche Demokratische Republik ungesetzlich zu verlassen. Im gleichen Jahr wurde er auch der Klinik wegen seines Verhaltens vorgestellt.
Vater:
›Bis etwa 2./3. Schuljahr gab es keinerlei Schwierigkeiten mit unserem Sohn Hannes. Ihm fiel das Lernen zwar schwer; er lag aber mit seinen Leistungen noch im Durchschnitt. Etwa im Jahre 1961/62 fuhr er mit seinem Bruder Schlitten, und dabei brachen sie im Eis auf der Pleiße ein. Er rettete seinen Bruder. Seit dieser Zeit habe ich den Eindruck, daß Hannes einen Geltungstrieb hat, der nicht immer in die richtige Bahn gelenkt wurde. Ich bin der Auffassung, daß er nicht mehr Schwierigkeiten bereitete als andere Kinder. In der Folgezeit verstärkte sich jedoch die Krankheit und wegen Faulheit die Disziplinschwierigkeit in der Polytechnischen Oberschule [POS]. Auch seine Lernhaltung

verschlechterte sich. Das Ergebnis war, daß er zweimal nicht versetzt werden konnte. Dadurch wiederum war er anderen körperlich überlegen. Mit zunehmendem Alter verstärkten sich die Schwierigkeiten. Uns ist bekannt geworden durch Vorsprechen eines Volkspolizeiangehörigen im Jahre 1968, daß Hannes sexuelle Handlungen an Kindern vorgenommen haben soll. Meines Wissens ist dies nicht erwiesen. Mir ist auch nicht bekannt, daß Hannes dem Alkohol zuspricht. Es sei denn, daß er mal ein Glas Bier bei einer Familienfeier trinkt. Bis Frühjahr 1969 haben wir zu Hause ab und zu die Programme des Westfernsehens angesehen. Seit dieser Zeit ist das jedoch nicht mehr der Fall. Mir ist bekannt, daß mein Sohn seit 1969 die Meinung hat, daß er das ›schwarze Schaf‹ in der Familie ist. Diesbezüglich hat er m. E. keine Ursache für diese Annahme.

Hannes beging Handlungen, die m. E. nicht altersgerecht sind. Teilweise war er zeitweilig geistig wie abwesend. Im Jahre 1968 war meine Frau mit Hannes bei Herrn Dr. Brandstetter in der Kinderklinik der Karl-Marx-Universität. Von dort erhielten wir die mündliche Auskunft, daß es eine reguläre Entwicklungsstörung gewesen sei. Hannes hat aber auch schon andererseits Auseinandersetzungen beziehungsweise nach einer Auseinandersetzung mit uns seinen Bruder gewürgt.‹

Auf Vorhalt erklären Herr und Frau Wobst, daß sie in den letzten zwei Jahren des Besuchs der Polytechnischen Oberschule durch Hannes Kenntnis erhielten von seinen Schwierigkeiten. Sie waren auch zu Aussprachen in die Polytechnische Oberschule bestellt worden. Ständig hatten Herr und Frau Wobst an den Elternabenden teilgenommen. ›Mit dem Klassenlehrer war auch eine tägliche Kontrolle über das Verhalten des Hannes eingeführt worden. Die Kontrollhefte sind noch vorhanden. In Leipzig während der Zeit, als Hannes die 28. Polytechnische Oberschule, Schönbachstraße 17 [heute: Neue Nikolaischule], besuchte, haben wir allerdings unregelmäßig die Elternabende besucht.‹ Auf weiteren Vorhalt, worin Herr und Frau Wobst die Ursache für das Straffälligwerden ihres Sohnes sehen, erklären sie:

Vater:

›Meine Frau und ich haben uns darüber unterhalten. Wir sind der Auffassung, daß Hannes einen übertriebenen Geltungstrieb hat. Offensichtlich hängt das auch mit einem körperlichen (geistigen) Schaden zusammen. Das müßte aber der Sachverständige entscheiden. Ich möchte noch darauf hinweisen, daß Hannes mit einem Jugendlichen Rohde enge Verbindungen hatte. (Rohde wurde vor etwa zwei Jahren straffällig wegen versuchten gemeinschaftlichen schweren Raubs.) Für Liebkosungen hatte Hannes nichts übrig. Andererseits erhielt er für gute Leistungen bestimmte Vergünstigungen. Wie z. B. Besuch einer Kinoveranstaltung u. a. Entgegen dem sonstigen Verhalten von Hannes habe ich feststellen können und müssen, daß Hannes zu dem Zeitpunkt, als er bei uns in der Wohnung die Verwüstungen angestellt hatte und ich ihm Vorhaltungen machte, spontan Gefühlsregungen des Bereuens zeigte. Die waren für mich deutlich erkennbar, da er mich beim Arm nahm und heulte.‹

Mutter:

›Erwähnen möchte ich aber, daß Hannes 1962, als er 8 Jahre alt war, im kalten November seinen Bruder Benno aus der eiskalten Pleiße herausholte, als beide Jungen beim Rodeln mit dem Schlitten in diese gelangt waren. Das hat bei ihm Spuren hinterlassen.‹

Herr Wabnitz (Vertreter der Betriebsberufsschule):

›Hannes Wobst fehlte vierzehn Tage in der Schule unentschuldigt. Wir haben dazu Aussprachen geführt. Auch einmal wurde mit ihm eine Aussprache vor dem Lehrerkollegium geführt. Anlaß dazu war, daß Hannes einen Zirkel auf eine Tafel gelegt hatte und dieser Zirkel beim Herunterfallen mich traf. Eine Woche nach diesem Vorkommnis hat er sich bei mir entschuldigt. Er hat die Schule zusammen mit seinem Cousin verlassen. Mir ist nicht bekannt, daß in der Betriebsberufsschule bzw. in der Klasse Schund- und Schmutzliteratur getauscht wird. Mir ist aber andererseits bekannt, daß die Jugendlichen der Klasse eine positive Haltung zu unserem Staat einnehmen.

Der Lehrvertrag als Schlossereihelfer wurde mit Hannes Wobst am 12.08.1969 geschlossen. Man machte ihm den Vorschlag, die 8. Klasse an der Volkshochschule nachzuholen.‹

Kollegin Meier vom Referat Jugendhilfe Leipzig-Stötteritz:

›Ich persönlich hatte einen guten Eindruck von Herrn Wobst und Hannes. Hannes war außerordentlich höflich. Bereits zu diesem Zeitpunkt, als der Lehrvertrag abgeschlossen wurde, unterbreitete ich den Vorschlag, daß Hannes an der Volkshochschule den Abschluß der 8. Klasse nachholt. Dies wurde auch Gegenstand des Lehrvertrags. Herr Wobst und auch Hannes selbst waren dazu bereit. Hannes erklärte, daß er dies tun wolle. Gleichzeitig wurden Hannes die weiteren Möglichkeiten der Qualifizierung aufgezeigt. Wenn er das Ziel der 8. Klasse nachgeholt hat, hätte er sich im Betrieb zum Schlosser qualifizieren können (Facharbeiter). Die Umschulung auf der Merseburger Straße scheiterte am Veto des Schulrats. Ich habe persönlich den Eindruck, daß Hannes will. Es fehlt ihm jedoch an Ausdauer.‹

Herr Wabnitz:

›Hannes nahm keine Fertigungshinweise entgegen, zeigte dagegen für Transportarbeiten innerhalb des Betriebs viel Interesse. Seine Arbeitseinstellung diesbezüglich war lustbetont. Der krasse Gegensatz dazu war sein Verhalten an den Maschinen, obwohl er geistig nicht abwesend war. Ich bin vielmehr der Auffassung, daß Hannes geistig sehr rege ist und daß dadurch unseres Erachtens seine Phantasie angeregt wird. Zum Tatmotiv möchte ich einschätzen, daß in der Vergangenheit unseres Erachtens Hannes zuviel Freiheit gelassen wurde und er in negative Kreise Eingang gefunden hat. Hier wurde er unseres Erachtens negativ beeinflußt. Im Betrieb hat er keine Stunde gefehlt.‹«

Von den 80,– Mark Lehrlingsentgelt gab Hannes 20,– Mark als Kostgeld ab. Auch sagen seine Eltern, dass sie Hannes zur Achtung fremden Eigentums erzogen haben. Alle Beteiligten können sich Hannes' Verhalten nicht erklären.

Die Gesetze der DDR formulierten zum Referat Jugendhilfe und dessen Einrichtungen:

»Die Jugendhilfe wirkt mit, der Vernachlässigung und sozialen Fehlentwicklung von Kindern und Jugendlichen und der Jugendkriminalität vorzubeugen. Sie berät die für die Erziehung Verantwortlichen und trifft mit ihnen gemeinsam verbindliche Festlegungen zur Sicherung der Umerziehung von schwierigen und straffälligen Minderjährigen und leitet die dazu erforderlichen staatlichen Maßnahmen ein.

Zur Sicherung eines geordneten Lebensweges elternloser und entwicklungsgefährdeter Minderjähriger legen die Organe der Jugendhilfe die Aufgaben der für die Erziehung Verantwortlichen verbindlich fest. Sie führen die staatliche Aufsicht über die Betreuung und Erziehung dieser Minderjährigen und sichern die Rechte und Interessen von Kindern und Jugendlichen, deren Eltern zur Ausübung der elterlichen Sorge nicht berechtigt sind.«

Verhör des Hannes Wobst:

»27.05.1970

Frage:

Sagen Sie über Ihre persönliche und gesellschaftliche Entwicklung aus!

Antwort:

Ich wurde 1954 als viertes von insgesamt fünf Kindern meiner Eltern geboren. Mein Vater ist Magazinverwalter in der GHG [Großhandelsgesellschaft] Obst und Gemüse

Leipzig. Die Mutter arbeitet als Zugabfertigerin auf dem Bahnhof Leipzig-Stötteritz. Meine Eltern sind in der SED [Sozialistische Einheitspartei Deutschlands] und im FDGB [Freier Deutscher Gewerkschaftsbund] organisiert.

Mein Bruder, Gerhard Wobst, ist 24 Jahre alt. Er ist verheiratet und arbeitet im Versandhaus Leipzig. Er wohnt 705 Leipzig, Ludwigstraße 15.

Meine Schwester Helga, verehelichte Ronstedt, ist 19 Jahre alt und arbeitet als Kindergärtnerin, sie wohnt 705 Leipzig, Kröbelstraße 12.

Meine Schwester Silke Wobst ist 18 Jahre alt, sie arbeitet bei der Deutschen Volkspolizei, im Strafvollzug Leipzig, und wohnt bei den Eltern.

Mein Bruder Benno Wobst ist 11 Jahre alt, Schüler der 28. POS. Er wohnt auch bei den Eltern.

Ich fühle mich zur Zeit geistig rege, körperlich teilweise gesund. Zur Zeit habe ich Zahnschmerzen, dann tut mir die Achillessehne am rechten Bein weh, dies stammt von einem Fahrradunfall. Ich habe mich zur Zeit schon beim Arzt in der UHA [Untersuchungshaftanstalt] angemeldet.

Da beide Eltern berufstätig sind, war ich zuvor in der Krabbelstube, dann Kindergarten, danach Kinderhort, Schulhort bis zum zehnten Lebensjahr.

Meine Erziehung erfolgte in diesen Institutionen, wie im Elternhaus. In anderen Erziehungsheimen war ich bisher nicht untergebracht.

Gerichtliche Bestrafungen hatte ich bisher nicht. Die Jugendhilfe wurde für mich schon benötigt, ich war bisher zweimal von zu Hause abgerückt, wurde immer wieder zurückgebracht. 1969 im November war ich circa vierzehn Tage abgerückt. Ich sollte die Volkshochschule besuchen. Das paßte mir nicht, darum war ich abgerückt. Dann war ich jetzt wegen dieser anliegenden Sache abgerückt. Die Jugendhilfe Leipzig-Stötteritz hat darüber die Unterlagen.

Frage:

Sagen Sie über Ihren Schulbesuch aus!

Antwort:

Wir wohnten anfangs in Großdeuben, ich wurde 1962 dort eingeschult, kam durch den Umzug der Eltern nach Leipzig, in Leipzig in die 28. POS, wo ich 1969 ausgeschult wurde. Insgesamt habe ich acht Jahre die Schule besucht, aber ich erreichte nur den Abschluß der 6. Klasse. Im 4. und 6. Schuljahr war ich nicht versetzt worden. Ich war in der Mathematik sehr schlecht, dann kam eigene Faulheit dazu. Die Eltern hatten Kontakt zur Schulleitung gehabt, es hatte wegen mir mehrfache Aussprachen gegeben. Ich habe auch den Stoff in der Schule ziemlich schwer begriffen, obwohl man es mir mehrfach erläutert hatte. Ab meinem 6. Schuljahr begann ich mit der Schulbummelei. Da mir das Lernen sehr schwer fiel, verlor ich die Lust, ich suchte die Schule nicht auf, lief einfach planlos umher, kam aber mittags wieder nach Hause, es sah so aus, als wäre ich in der Schule gewesen. Die Eltern haben es dann aber erfahren. 1969 habe ich Jugendweihe erhalten. Es stimmt, ich habe in der letzten Zeit des Schulbesuchs versucht, mir mal 1 Mark, mal 50 Pfennige aus der Geldbörse meiner Mutter zu verschaffen.

Frage:

Sagen Sie über Ihre berufliche Tätigkeit aus!

Antwort:

Ich wollte eigentlich Maurer werden, aber zuliebe der Eltern habe ich dann diesen jetzigen Teilberuf als Schlossereihelfer in der Firma Weber & Schulze, auf der Naumburger Straße 19, aufgenommen. Bei uns im Haus wohnt Herr Freytag, er ist dort Meister und Lehrausbilder, durch diesen bekam ich die Stelle. So hatten es die Eltern gewollt, ich hatte mich gefügt. Mir gefällt es auf dieser Arbeitsstelle keineswegs. Ich bin der einzige Lehrling, ich kann mich altersmäßig mit niemand unterhalten, austauschen. Ständig bin ich nur fällig, den sehr großen Waschraum alleine zu säubern. Ständig hält man mir vor, ich könnte mehr schaffen, würde zu langsam arbeiten.

Ich komme auch an die Maschinen heran, es wurde mir aber nur leicht und oberflächlich alles erklärt, darum verstehe ich längst daran noch nicht alles, und wenn es nicht klappt, dann sagt man gleich, das verstehe ich nicht, das kann ich nicht und ähnliches mehr.

Vom Arzt aus soll ich schon seit zwei Jahren keinen Sport mehr betreiben, ich erhielt ein Attest, es zählt bis 1. Mai 1970. Bei uns im Betrieb kann man bis zu 80 Prozent sitzende Arbeiten an den Maschinen verrichten. Da ich noch nicht viel, wegen meinem Bein, stehen darf, wäre es bestimmt bei gutem Willen möglich, mich im 2. Lehrhalbjahr sitzende Arbeiten verrichten zu lassen, bis mein Bein wieder in Ordnung ist. Danach könnte ich das Lernen nachholen, was ich als stehende Arbeit zu verrichten hätte, daran denkt man einfach nicht.

Ich habe das Attest vorgelegt, man hat es behalten, aber gerichtet hat sich niemand danach.

Vorhalt:

Ihnen wurde die kollektive Betriebsbeurteilung zur Kenntnis gegeben, nehmen Sie dazu Stellung!

Antwort:

Wenn gesagt wird, ich habe zu geringen Kontakt zum Kollektiv, dann schätzt man das richtig ein, ich habe aber auch erklärt, woran dies liegt, ich finde zu schwer Anschluß an alle diese älteren Kollegen, die überwiegend verheiratet sind, ganz andere Sorgen und Probleme besitzen, als dies bei mir der Fall ist.

Die in der Beurteilung angegebenen Fehlzeiten stimmen.

Ich hatte mich in der Freizeit mit anderen Jungen geprügelt. Ich sehe ein, dies darf nicht solche Ausmaße annehmen, daß ich davon die Arbeit nicht mehr aufsuchen konnte. Der Meister, Betriebsleiter und die Transportarbeiter haben mich ermahnt, wenn was nicht in Ordnung war.

Ich prügle mich nicht übermäßig gern, aber mein Cousin, Bernd Dobereit, geht mit mir in die Berufsschule, und dieser wird oft von anderen Jungen gehänselt, und er kann sich nicht groß verteidigen, aber da diese Jungen in der Mehrzahl sind, helfe ich meinem Cousin, und so kommt es zu dieser Prügelei und den daraus entstandenen Folgen.

Ich habe zur Kenntnis genommen, daß mich der Betrieb weiter beschäftigen, mein Lehrverhältnis aufrechterhalten will. Aber ich möchte nicht wieder in den Betrieb zurück, da ich mich dort unter diesen älteren Mitarbeitern nie wohlgefühlt habe, ich vermißte dort zu sehr gleichaltrige Mitarbeiter.

Mein Betrieb schätzt es vollständig falsch ein, wenn man sagt, ich hätte vermutlich zuviel unkontrollierte Freizeit bei meinen Eltern. Da irrt man sich gewaltig, ich habe zu Hause sehr viel geholfen, nicht viel Freizeit gehabt, aber dazu werde ich sprechen, wenn ich zur Frage der Freizeitgestaltung Aussagen machen muß.

Ich weiß nicht, wie es jetzt strafrechtlich mit mir weitergehen wird, aber wenn ich wieder auf freiem Fuß mich befinde, möchte ich einmal von Leipzig ganz fort, gern an die Ostsee, eventuell Rostock, Saßnitz usw. Ich möchte Hafenarbeiter usw. werden. Ich habe die Absicht, mir Sachen und andere Bedarfsgegenstände zu schaffen.

Ich möchte sagen, daß ich theoretisch ständig schwach war, weil ich ziemlich schwer begreife, darum auch ständig die Berufsschulschwierigkeiten.

Frage:

Sagen Sie über Ihre bisherige gesellschaftliche Tätigkeit aus!

Antwort:

Während der Schulzeit gehörte ich dem Verband Junger Pioniere an. In der FDJ [Freie Deutsche Jugend] war ich bisher nicht. Mich hat dazu bisher niemand angesprochen, und ich habe mir gesagt, wenn keiner kommt, mich anspricht, brauche ich auch nicht zu gehen. Bei uns im Betrieb gab es überhaupt nichts, woran sich Menschen in meinem Alter beteiligen konnten. FDJ oder GST [Gesellschaft für Sport und Technik] waren nicht vorhanden, dafür aber Skatklub, und dort wurde Bier getrunken, ich hatte keine Lust, mich dazu verleiten zu lassen. Ich hatte dem Betriebsleiter Wabnitz erklärt, ob man im Betrieb nichts machen könnte im Sport usw., aber er verneinte dies nur, meinte zu mir, dies müsse ich draußen im Wohnbezirk versuchen. Daran war ich aber nicht interessiert.

Ich bin auch kein FDGB-Mitglied. Ich habe einen Antrag um Aufnahme im FDGB im Betrieb gestellt, das war im Dezember 1969, aber ein Mitgliedsbuch usw. habe ich bis jetzt nicht erhalten. Somit bin ich nirgends organisiert.

Frage:

In welchen häuslichen Verhältnissen wuchsen Sie bisher auf?

Antwort:

Wir bewohnen eine Dreieinhalbzimmerwohnung in einem Altbau. In der Wohnung sind wir mit den Eltern fünf Personen. Mein Bruder Benno und ich bewohnen ein Zimmer. Meine Eltern sorgen ausreichend für uns Kinder. Die Eltern führen meiner Meinung nach ein gutes Eheleben. Auch wir Geschwister verstehen uns nicht schlecht. Durch dieses jetzige Vorkommnis komme ich mit dem großen Bruder Gerhard nicht mehr zusammen. Wir Kinder sind so erzogen, daß jeder sein Zimmer säubern muß, dazu hat die Mutter keine Zeit, sie ist arbeitsmäßig sehr angespannt.

Die Eltern erhalten von meinen 80,– Mark Lehrlingsgeld 20,– Mark. Weitere 20,– Mark werden für mich gespart. Vom Rest bezahle ich das Straßenbahngeld und meine eigenen Belange.

In der Schule wurde ich über das Sexualproblem aufgeklärt. Ich habe Schwestern zu Hause, ich achte diese ständig. Wir Kinder werden durch beide Eltern erzogen. Bei uns regieren somit auch beide Eltern, gerade immer der, der anwesend ist oder der etwas erledigt haben möchte.

Frage:

Sagen Sie über Ihre Freizeitgestaltung aus!

Antwort:

Meine tägliche Arbeitszeit ging von 6.30 Uhr bis gegen 15.30 Uhr. Gegen 16.30 Uhr war ich dann zu Hause. Um diese Zeit kam überwiegend der Vati nach Hause. Ich bin dann oft zum Einkaufen gegangen, die Mutti hatte einen Zettel hinterlassen, ich habe dann das geholt, was benötigt wurde.

Gleichfalls habe ich dann unser Zimmer gesäubert, dabei half teilweise mein mitbewohnender Bruder Benno. Feuerung habe ich täglich hochgeholt. Da ich von der Arbeit oft ›sauer‹, ich meine, kaputt war, ging ich sehr wenig fort. Ich hatte dann wenig Konzentration für andere Dinge, ich blieb zu Hause.

Mein Hobby ist viel Kinobesuch, Radfahren, teilweise auch das Lesen. Ich interessiere mich für diese kleinen 60-Pfennig-Bücher.

Ich habe keinen festen Freund, keine Freundin, beides bisher nicht gehabt. Der Vati hatte immer gesagt: ›Bleibe für dich allein‹, dann wäre ich mein eigener Herr, auch koste es nur für mich dann allein Geld. Daran habe ich mich bisher gehalten.

Ich rauche pro Tag, wenn ich sie habe, circa fünf bis sechs

Zigaretten. Alkohol trinke ich nicht, nur wenn mich mal andere dazu verleiten. Ich habe ein Fahrrad, keine Fahrerlaubnis für Kfz.

Wir haben zu Hause Radio, Fernsehen, Plattenspieler und Tonband. Wir sehen in der Familie auch das Westfernsehen, ich habe mir schon diese Kurzfilme angesehen. Gegen 10 Uhr [22 Uhr] muß ich ins Bett, nur am Wochenende darf ich länger aufbleiben, bis 23 Uhr. Dann sehen wir auch mal länger fern, aber immer gemeinsam mit den Eltern. Ich möchte sagen, bei uns in der Familie wird wenig das Westfernsehen angesehen, überwiegend sehen wir das DDR-Programm. Uns gefallen sehr die Bühnenstücke, wie ›Die Matrosen von Cattaro‹ usw.

Frage:

Welchen Einfluß nahmen bisher die Jugendhilfe und Ihre Eltern auf Ihre Erziehung?

Antwort:

Ich war nicht bei der Jugendhilfe, es war auch niemand bisher bei mir zu Hause, es gibt für mich keinen Jugendfürsorgehelfer, der meine Eltern für mich unterstützt. Ich weiß jedenfalls nichts davon.

Die Erziehung führten immer nur die Eltern allein durch. Als ich bis Zwickau abgerückt war, war dort zur VP die Jugendhilfe gekommen, hatte mich mit der VP gemeinsam verhört, mich dann an die Eltern nach Leipzig zurückgeführt.

Vorgestern war jetzt hier eine Kollegin von der Jugendhilfe Leipzig-Stötteritz, sie hat sich mit mir über alle letzten Vorkommnisse unterhalten.

Beide Eltern haben bisher ständig auf mich eingesprochen, gefordert, daß ich nichts wegnehmen soll, mich anständig aufführen und immer regelmäßig auf Arbeit gehen möchte. Ich habe zu wenig eigenen guten Willen, keine Lust, kann mich zu wenig konzentrieren, bin ganz anders als die anderen Geschwister geraten. Woran das liegt, weiß ich selbst nicht.«

Mutter Edelgard Wobst ist mit ihrer Geduld am Ende:

»Nachdem ich den gesamten Sachverhalt erfahren habe, möchte ich sagen, daß ich in meinem und im Namen meines Ehemannes gegen meinen Sohn Hannes Wobst Strafantrag gem. § 2 StGB stelle, denn was ich jetzt alles erfahre, ist doch zuviel. Wir haben zuvor nicht gleich den Strafantrag gestellt, aber da wir inzwischen erfuhren, was Hannes in Großdeuben mit der alten Frau Ratzow wie mit Onkel Erich gemacht hat beziehungsweise machen wollte, dann kann ich das nicht so durchgehen lassen. Der Junge muß merken, daß die Gutmütigkeit der Eltern auch Grenzen hat, ich bin dafür, daß er für diese Handlung zur Verantwortung gezogen wird, denn durch ständiges Nachgeben helfen wir dem Jungen keinesfalls.

Unser Scheckbuch ist auch verschwunden, der Hannes hat damit nachweislich bereits am 30.03.1970 den Betrag von 30,– Mark abgehoben. Bis zum 02.04.1970 wurden insgesamt durch Hannes circa 300,– Mark vom Scheckbuch abgehoben. Dies ist nachweisbar auf der Sparkasse von Hannes Wobst unterschrieben worden. Er schrieb immer seinen eigenen Namen beim Abheben. Dieses Geld hat der Junge restlos verbraucht, für Taxe, Rauchen und Trinken, mit anderen einfach sinnlos ausgegeben.

Für die Zukunft betreffs Hannes ist im Moment schwer etwas zu sagen. Ich nehme an, er kommt jetzt bestimmt in einen Jugendwerkhof, und dort wird er durch straffe Erziehung merken, wie gut er es doch im Elternhaus hatte und daß er unsere ständigen Ermahnungen, sich anständig usw. zu führen, nicht ernst genug nahm.

Mein Ehemann und ich, wie auch die große Tochter Silke, wir gedenken weiterhin wie bisher immer wieder nur gut auf Hannes einzuwirken, um zu verhindern, daß sich derartiges wiederholen wird.

Hannes selbst muß uns für die Zukunft beweisen, daß er jetzt endlich gewillt ist, auf die Erwachsenen zu hören, beziehungsweise daß er die richtigen Lehren aus seinem falschen Verhalten zieht.«

Am 4. Juni 1970 findet nochmals eine »Komplexaussprache« zum Fall von Hannes Wobst mit den Eltern, der Jugendhilfe Leipzig-Stötteritz, der Lehrstelle, der Betriebsberufsschule, dem Untersuchungsorgan Dezernat II und der Staatsanwaltschaft Leipzig statt:

»Übereinstimmend kam zum Ausdruck, daß z. Zt. über das weitere ›Wie‹ beim Beschuldigten Wobst nicht beraten werden kann, da unbedingt das Ergebnis einer psychiatrischen Untersuchung durch Dr. med. Brandstetter abgewartet werden muß. Wobst wird nochmals zusammenfassend zum Sachverhalt abschließend vernommen. Der Betriebsleiter, Herr Wabnitz, wird im Arbeitskollektiv über diese erfolgte Komplexaussprache sprechen, so daß alle ehemaligen Mitarbeiter vom Wobst genau unterrichtet werden.«

Dr. Brandstetter notiert in seinen Gesprächen mit Hannes Wobst [W.]:

- ▷ Hannes war arbeitsunfähig wegen Schlägerei: 24.–31.10.1969 und 09.–19.02.1970.
- ▷ Er nahm mit seinen Verwandten in der BRD illegal Verbindung auf.
- ▷ Am 18.08.1970 versuchte der Patient mit Hilfe Pendeln von Gegenständen, Gewissheit über seine Zukunft zu erlangen.
- ▷ Hannes Geburt erfolgte durch Kaiserschnitt, solcher Geburtsvorgang verursacht oft körperliche und zerebrale Schädigungen.
- ▷ Ein frühkindlicher Hirnschaden ist beim Patienten

pneumenzephalo- und elektroenzephalografisch als gesichert anzunehmen.

- ▹ Sein sozialstörerisches Verhalten kann als direkte Folge dieser neurotischen Entwicklung angesehen werden.
- ▹ Vorwürfe an seine Lehrausbilder: »Habe gewühlt wie ein Stier und trotzdem keine Prämie bekommen.«
- ▹ Vor zwei Jahren erfolgte die erste Ejakulation, danach habe Hannes laut eigener Aussage regelmäßig onaniert.
- ▹ In seiner Klasse sind 32 Jungen, 2 Mädchen: »Das waren alles Nutten, die gingen von einem zum anderen, die haben sich so hingesetzt … Ich hab sie gekrabbelt, und sie hat gesagt: ›Ich weiß, was du willst‹, und da sind wir weggegangen.«
- ▹ »Hören Sie auf, Herr Doktor, lassen Sie mich mit der Tat in Frieden. Ich sage zu der Tat nichts mehr. Die Kripo hat mich so gequält, was weiß ich, was ich da unterschrieben habe. Ich will sowieso meine Geständnisse widerrufen!«
- ▹ Anfang 1963 rettete W. seinen jüngeren Bruder vor dem Ertrinken [nach Angaben der Mutter geschah dies bereits im November 1962, Anm. d. Verf.]. Danach soll er psychisch auffällig und verhaltensgestört gewesen sein.
- ▹ Nach diesem Aggressionsakt gegen den Bruder [er ging auf den Bruder los und würgte ihn im Januar 1968, Anm. d. Verf.] behandelte man Hannes Wobst ambulant.
- ▹ Zweifelsfrei: neurotische Entwicklung und schulische Überforderung.
- ▹ Mit der Etikettierung zum »Psychopathen« können wir uns aber nicht einverstanden erklären, denn wir lehnen diesen Begriff für Kindes- und Jugend-

alter ab, da er auf der Annahme einer als ererbt anzusehenden psychischen Abnormität beruht und sowohl die kindliche als auch die jugendliche Persönlichkeit noch unfertig ist.

▷ Ausgangspunkt für die neurotische Entwicklung könnte die Rettung des Bruders vor dem Ertrinken gewesen sein. W. wollte dafür anerkannt werden, die erfolgte Anerkennung entsprach jedoch nicht seinen Erwartungen. Das war für ihn nicht verständlich, konnte nicht verkraftet werden und zeitigte so eine (sicherlich unbewußte) aggressive Einstellung gegen Bruder und Elternhaus, führte zu Trotz und Aggressivität, zu gestörtem Selbstwertgefühl, dessen Ausdruck möglicherweise der Suizidversuch war.

▷ Dies ist die eine Seite der Entwicklung. Teilpathogenetisch bedeutsam für die Entstehung der neurotischen Entwicklung des Beschuldigten sind sehr wahrscheinlich noch Faktoren in Elternhaus und Schule.

▷ Infolge der Berufstätigkeit beider Elternteile war die elterliche Zuwendung mangelhaft (wurde zu Ferien nicht mitgenommen). Die Meinung des Beschuldigten, er sei das »schwarze Schaf« der Familie, läßt den Verdacht einer Fehlerziehung aufkommen.

▷ Durch ständige Vorhaltungen, zu frühes Dulden von Alkohol und Nikotingenuß, zu wenig wirksame Kontrolle der Freizeit wird dieser Verdacht erhärtet.

▷ Die an W. gestellten schulischen Forderungen entsprachen nicht seinen Fähigkeiten. Seine Auffassungs- und Konzentrationsstörung wurden nicht berücksichtigt. Die Leistungsanforderungen entsprachen nicht seinem Leistungsvermögen. W.

wurde überfordert und versagte im schulischen Bereich, wo er außerhalb des Kollektivs stand.

- ▷ Die Anerkennung von Gleichaltrigen, die einen wesentlichen Einfluß auf die Ausprägung eines gesunden Selbstwertgefühls hat, fehlte in Grund- und Berufsschule, so daß weder die neurotische Entwicklung ihr Ende fand, noch der Phasenrückstand aufgeholt wurde.
- ▷ W. suchte, wie dies meist bei gleicher Sachlage der Fall ist, Anerkennung in einer gesellschaftlich negativ eingestellten Gruppe, die ihn akzeptierte, als gleichberechtigt aufnahm, obwohl er in ihr der Jüngste war.
- ▷ Wir müssen deshalb annehmen, daß er auch die »Wertnormen« übernahm und danach sein Handeln ausrichtete.
- ▷ So konnte es unter anderem dazu kommen, daß er während seiner Tätigkeit bei der GHG Obst und Gemüse entwendete Artikel in der Berufsschule verkaufte und sich dafür mit Zigaretten und Alkohol versorgte, daß er später hemmungslos die eigenen Eltern bestahl.
- ▷ Hannes Wobst ist schuldfähig, aber gesellschaftliche Normen hat er weder emotional akzeptiert noch geistig verstanden.
- ▷ Das Intelligenzniveau des Patienten liegt unter dem Durchschnitt.

Das »Gesetz über das einheitliche sozialistische Bildungssystem« formulierte seit dem 25. Februar 1965 in seinem ersten Paragrafen: »(1) Das Ziel des einheitlichen sozialistischen Bildungssystems ist eine hohe Bildung des ganzen Volkes, die Bildung und Erziehung allseitig und harmonisch entwickelter sozialistischer Persönlichkeiten, die bewußt das gesellschaftliche Leben gestalten, die Natur verändern und ein erfülltes, glückliches, menschenwürdiges Leben führen. (2) Das sozialistische Bildungssystem trägt wesentlich dazu bei, die Bürger zu befähigen, die sozialistische Gesellschaft zu gestalten, die technische Revolution zu meistern und an der Entwicklung der sozialistischen Demokratie mitzuwirken. Es vermittelt den Menschen eine moderne Allgemeinbildung und eine hohe Spezialbildung und bildet in ihnen zugleich Charakterzüge im Sinne der Grundsätze der sozialistischen Moral heraus. Das sozialistische Bildungssystem befähigt sie, als gute Staatsbürger wertvolle Arbeit zu leisten, ständig weiter zu lernen, sich gesellschaftlich zu betätigen, mitzuplanen und Verantwortung zu übernehmen, gesund zu leben, die Freizeit sinnvoll zu nutzen, Sport zu treiben und die Künste zu pflegen.«

Abweichungen sah das Gesetz nicht vor. Schwer hatten es die Schüler, die sich dem Bildungsziel verweigerten: Bei ihnen wurden Restriktionen und Zwangsmaßnahmen festgelegt, und sie wurden in Jugendwerkhöfe eingewiesen. Paragraf 20 des Gesetzes besagte: »(1) Elternlosen und entwicklungsgefährdeten Kindern und Jugendlichen ist eine positive Entwicklung im Sinne des sozialistischen Erziehungsziels zu sichern.«

Nach eingehender Anamnese lautet das geforderte Gutachten Dr. Brandstetters:

»Leipzig, 24.07.1970

Im Februar 1968 wurde Hannes Wobst von den Eltern erstmals in unserer Klinik vorgestellt, weil er versucht hatte, seinen Bruder zu erwürgen. Sie berichteten damals, daß er schon ein Vierteljahr zuvor zunehmend schwieriger geworden sei und insbesondere seinen Bruder viel geschlagen habe. In der Nacht vom 27. auf den 28.01.1968 habe er Stimmen gehört. Hannes gab an, sein Klassenlehrer habe am Bett gestanden und habe zu ihm gesprochen: ›Hannes, lerne, lerne!‹ In der darauffolgenden Nacht habe er wieder Stimmen gehört und angegeben, es würde ›alles um ihn herum kreisen‹. Am nächsten Abend habe er sich unter lautem Schreien und Schimpfen auf seinen Bruder gestürzt und habe ihn gewürgt. Unter Schlägen des Vaters sei er zu sich gekommen, habe von dem Bruder abgelassen und gefragt, was los sei. Er habe seine Schularbeiten an diesem Abend in ganz unleserlicher Schrift angefertigt. Als er daraufhin getadelt wurde, habe er Wasser über die Seite laufen lassen und geäußert, ›nun ist es aber fein‹. An beide Vorgänge habe sich Hannes später nicht mehr erinnern können. In der darauffolgenden Zeit habe er sich in der Schule häufig undiszipliniert verhalten.«

- ▹ Bei späteren Vorstellungen wurde über Schlafstörungen und Phantasieren im Schlaf berichtet.
- ▹ Im Dezember 1969 berichtete Hannes: Zu Hause sei »die Hölle auf Erden«, deshalb sei er abgehauen und habe die Grenze hinter Zwickau in Richtung ČSSR überqueren wollen, um dann in den Westen zu gelangen.
- ▹ März 1970: Hannes W. sprach von Arbeitsunlust und erheblichen Konzentrationsschwierigkeiten, die ihm die Schule ganz verleiden.

Zum Einbruchsdiebstahl in die elterliche Wohnung am 2. April 1970 »konnte er keine eindeutigen Motive angeben. Er äußerte, daß er keine Lust mehr zur Arbeit gehabt habe, daß er nach Berlin habe fahren wollen, um sich dort Arbeit zu suchen. Er habe den Eltern Geld schicken wollen, um den Schaden wiedergutzumachen, später habe er auf ein Schiff nach Rostock gewollt und ähnliches. Warum er dies vorgehabt habe, wisse er nicht, er habe es eben satt, er wolle etwas erleben. Warum er die Dokumente der Familie vergraben habe, könne er nicht sagen, ›sie haben eben weggemußt‹. Er komme eben auf solche Einfälle, und was ihm einfalle, das tue er. Es sei ihm jetzt auch alles gleichgültig, nun lasse er sich treiben, das beste wäre, wenn er draufgehe. ›So bin ich eben auf dem Rückweg einfach weggegangen.‹

Bei der körperlichen Untersuchung war somatisch und neurologisch kein krankhafter Befund zu erheben. Der Jugendliche ist altersgerecht entwickelt.

Psychisch fällt der Jugendliche während der gesamten Betreuungszeit durch eine zunehmende Distanzlosigkeit, affektive Reizbarkeit und Gemütsarmut auf. Bei den jetzigen Explorationen gibt der Jugendliche an, daß er sich an die Ereignisse mit seinem Bruder, die zur Erstvorstellung 1968 führten, nicht erinnern könne, daß dies alles gelogen sei. Und daß er erstmals im Dezember 1969 in unserer Klinik zur Behandlung war. An etwas anderes könne er sich nicht erinnern. Gegen seinen Bruder sei er niemals tätlich vorgegangen.

Zum Vorfall sagte er: ›Ich hatte mich geärgert, ich hatte meinen Bruder rausgeholt. Da war einer, der hat das auch gemacht, der hat eine Medaille gekriegt und ich nicht. Das hatte mich geärgert.‹ Er selbst sei auch vor der Klasse belobigt worden, es habe auch in der Zeitung gestanden: ›Aber das war das einzige, der andere bekam die Medaille und ich nicht. Für mich ist der Fall erledigt, wenn wieder mal was passiert, den laß ich ersaufen, oder wenn ein Haus abbrennt, gehe ich vorbei.‹

Es handelt sich nach unseren Beobachtungen und Befunden um einen gemütsarmen und kaum zu beeindruckenden Psychopathen. Die psychischen Auffälligkeiten und Handlungen aus dem Jahre 1968 sind offenbar als psychotische Episode zu werten, und es erhebt sich die Frage, ob auch das jetzige auffällige Verhalten des Jugendlichen als krankhaft einzuordnen ist.

Nach dem zur Zeit zu erhebenden Persönlichkeitsbefund liegt auf jeden Fall eine schwere abnorme Persönlichkeitsentwicklung vor.

Zur Schuldfähigkeit im Sinne § 66 StGB kann aufgrund

der Weigerung des Beschuldigten, sich weiteren Untersuchungen zu unterziehen, nicht exakt Stellung genommen werden. Wir halten zum Abschluß eines psychotischen Geschehens eine stationäre und längere Beobachtung in einer psychiatrischen Abteilung eines Haftkrankenhauses für erforderlich.«

Hannes Wobst wird stationär behandelt. Ein neues neurologisch-psychiatrisches Gutachten wird für den anberaumten Strafprozess erstellt:

»Leipzig, 15.01.1971

Wir halten das Krankheitsbild nicht für therapeutisch unangreifbar. Es hat sich in der Vergangenheit gezeigt, daß sogar sehr verhaltensgestörte Psychopathen durch Psychopharmaka lenkbar gemacht werden können. Unter Berücksichtigung der Jugend des Beschuldigten sollte auf jeden Fall der Versuch der heilpädagogischen Beeinflussung unternommen werden. Wir verstehen darunter psychologisch, psychopathologisch orientierte und ärztlich gesteuerte Pädagogik, die vermutlich am ehesten in einer entsprechend eingerichteten jugendpsychiatrischen Einrichtung durchzuführen wäre. Ein weiterer Verbleib in Strafvollzugseinrichtungen würde die Prognose des Jugendlichen aufgrund seiner psychopathologischen Störungen verschlechtern.«

Der Prozess gegen Hannes Wobst findet im Beisein der Erziehungsberechtigten aus Elternhaus und Schule vom 26. bis 29. März 1971 statt. Im Urteil heißt es:

»Der Angeklagte als strafrechtlich verantwortlicher Jugendlicher hat sich eines Vergehens des Diebstahls zum Nachteil persönlichen Eigentums und eines Vergehens der vorsätzlichen Sachbeschädigung und eines Verbrechens des schweren Raubes schuldig gemacht. Nach § 16 Abs. 3 StGB wird die Einweisung in eine psychiatrische Einrichtung angeordnet. Die Auslagen des Verfahrens hat der Angeklagte zu tragen.«

Ein nächstes Gutachten zur Person des Hannes Wobst erstellt die:

»Nervenklinik Hochweitzschen, Abt. Waldheim

14.05.1973

Der Patient Wobst befindet sich seit dem 08.04.1971 in unserer psychiatrischen Einrichtung. Nachdem es mit ihm anfangs einige Disziplinschwierigkeiten gegeben hat, konnte der Kranke durch psycho- und arbeitstherapeutische Maßnahmen zunächst innerhalb der Station soweit gefördert werden, daß er einer regelmäßigen Arbeit innerhalb der Einrichtung nachging. Seit circa einem Dreivierteljahr ist der Patient nunmehr außerhalb der Einrichtung eingesetzt, und zwar als Hilfsarbeiter bei einem Schlossermeister. Er zeigt an dieser Arbeit Interesse und verrichtet sie quantitativ und qualitativ ausreichend. In der Zwischenzeit wurde der Patient auch wiederholte Male zu seinen Eltern beurlaubt, und es sind uns – vor allen Dingen in den letzten Monaten – keine Unkorrektheiten während des Urlaubs bekannt geworden. Zusammenfassend kann man sagen, daß der Patient auf dem Wege ist, allmählich stabile, den gesetzlichen Normen entsprechende Verhaltensweisen zu entwickeln, und daß wir annehmen, daß dieser Prozeß noch in diesem Jahr zum Abschluß gebracht werden kann, so daß wir am Ende dieses Jahres überprüfen werden, ob gemäß § 14 des Einweisungsgesetzes eine Entlassung möglich ist.«

Am 14. Dezember 1973 wird Hannes Wobst zu seinen Eltern nach Hause entlassen.

Am Handgelenk: der Tod

Ende eines Tanzvergnügens, Leutzsch 1947

Wochenend und Sonnenschein
Und dann mit dir im Wald allein
Weiter brauch ich nichts zum Glücklichsein
Wochenend und Sonnenschein.

Hans Bardeleben & Die Cherokees: »Wochenend und Sonnenschein« – Nr.-1-Hit, 1946

»Das Leben in den Jahren nach dem Krieg ist hart – vor allem für Kinder und für Jugendliche. Viele haben ihre Eltern verloren, mussten flüchten, hungern. Die Älteren schlagen sich mit Gelegenheitsarbeiten durch, manchmal auch mit Betteln und mit Diebstahl. Es fehlt an Nahrung und winterfester Kleidung. Das Leben in den Trümmern hat aber auch etwas von einem Abenteuerspielplatz: Auch wer noch Eltern hat, hat viel unbeaufsichtigte Zeit, weil die Väter in Gefangenschaft sind und die Mütter die Städte wiederaufbauen müssen. Und die Schulen sind ja ebenfalls zerstört. Aber dann kehrt allmählich das Leben zurück. Erste Kinos, Cafés und Tanzlokale öffnen, die Jugend stürzt sich mit neuem Lebenshunger ins Vergnügen. ›Nichts war mehr verboten, alles war erlaubt‹, erinnert sich ein Zeitzeuge. Sittenwächter dagegen sind entsetzt, sehen in Jazzmusik und Rock'n'Roll Anzeichen für den drohenden Untergang des Abendlandes und warnen vor einer verrohten Jugend von ›Halbstarken‹.«

Später beschreibt der Film *Die Halbstarken* (1956) mit

Horst Buchholz und Karin Baal das Lebensgefühl der westdeutschen Jugendlichen mit all den Statussymbolen der Zeit: coole Klamotten, Muskeln, Hüftschwung, freche Sprüche. Ganz wie heute: »Maßanzug, Manschettenknöpfe mit Familienwappen, handgenähte Budapester: Allzu viele Möglichkeiten hat der Mann von Welt nicht, mit Kleidung und Accessoires gehobenen Geschmack zu beweisen. Stopp: Ein Stilmittel wäre da noch – die Armbanduhr. Sie zeigt nicht nur die Zeit an, sondern bisweilen auch den Status«, verlautet 2016 die Werbung. Und so schenkt sechzig Jahre zuvor der halbstarke Held des Films, Freddy Borchert, seinem Bruder im Hallenbad eine geklaute Uhr: »Wasserdicht. Stoßfest. 17 Steine. Weltmarke!«

Wenn auch unter der sozialistischen Besatzungsmacht die materiellen Bedingungen und politischen Voraussetzungen andere waren, so glichen sich die Hoffnungen und die Gefühle der Jugendlichen in Ost und West. In Miltitz, einem Vorort von Leipzig, versuchen Gilbert Hahn und seine Freunde, ihre Jugend jugendgemäß zu verbringen: Am 12. Juli 1947 wollen sie ein, zwei Bier zusammen trinken und danach zum Tanz in *Schäfers Ballhaus* ins benachbarte Leutzsch. Neunzehn Jahre alt ist der junge Mann und arbeitet in einer Kupferschmiede. Harte Arbeit. Wenig Freizeit. Die Fünftagewoche wird zwanzig Jahre später erst Gesetz. Gilbert gehört zum betrogenen Jahrgang 1927 und zu den Halbwüchsigen, die Heinrich Himmler im Aufgebot der Großväter und Enkel »um Freiheit und Leben« kämpfen ließ. »Dem uns bekannten totalen Vernichtungswillen unserer jüdisch-internationalen Feinde setzen wir den totalen Einsatz aller deutschen Menschen entgegen. Es muß und wird uns gelingen, ausschließlich auf unsere eigene Kraft bauend, nicht nur den Vernichtungswillen der Feinde zu brechen, sondern sie wieder zurückzuwerfen.« Die totale Kapitulation ließ zunächst die Amerikaner, dann die Sowjetarmee in Miltitz einmarschieren. Orientierung im gesellschaftlichen Umbruch fällt schwer. Gilbert sind die Kumpel mehr als Freunde. Man zieht am Samstagabend gemeinsam los: Tanz und Mädchen, vielleicht mehr. Am Handgelenk: die Uhr.

Hallo, kleines Fräulein, haben Sie heut Zeit,
mit mir auszugehen, nur zum Zeitvertreib?
Wir geh'n über Felder, streifen durch den Wald,
kein Mensch wird uns sehen, weder Jung noch Alt.
Wenn es dann schon dunkelt, Stern um Stern uns lacht,
werde ich dich küssen, halt im Arm dich sacht.
Dann sind wir so selig wie im Paradies,
Gisela, ich lieb dich, du bist süß.

DIE 3 TRAVELLERS: »GISELA (HALLO, KLEINES FRÄULEIN)« – NR.-1-HIT, 1947

Der Abend war mild, denn der Sommer des Jahres 1947 war karg und glühend heiß. Der Freund sagt später: »Am 12.07.1947, von 18.30 Uhr bis 24 Uhr, war ich mit dem Gilbert Hahn zusammen. Wir besuchten zuerst die Gaststätte *Felsenkeller* und gingen gegen 21.30 Uhr gemeinsam nach *Schäfers Ballhaus* in Leutzsch. Dort entfernten wir uns gegen 22.45 Uhr. Anschließend gingen wir als drei Pärchen, unter anderem war auch Gilbert Hahn dabei, zu einer mir nur vom Vornamen her bekannten Renate in die Merseburger Straße 93. Das Mädchen, welches in Begleitung von Gilbert Hahn war, hieß Hannelore mit dem Vornamen und war eine Freundin der Renate. Diese müßte die genaueren Personalien angeben können. Gegen 24 Uhr verließen uns Gilbert und seine Freundin. Er gab uns gegenüber an, nach Hause zu gehen. Welche Richtung er eingeschlagen hat, kann ich nicht sagen.«

Gilbert und Hannelore wollten wohl mit sich allein sein. Intimität war vor andrer Augen nicht möglich. Erst recht nicht im Elternhaus. Gegenüber von Hannelores Wohnadresse, Merseburger Straße 94, lagen Wald und Feld. Vielleicht aber hatte Hannelore Gilberts Vorschlag angenommen, mit zu ihm nach Hause zu gehen. Nach Miltitz führte der Weg an der Schönauer Kaserne vorbei. Gelegenheit zum Austausch von Zärtlichkeiten würde es bis dorthin geben. Wie hatten die 3 Travellers gesungen: *Wir geh'n über Felder, streifen durch den Wald, kein Mensch wird uns sehen, weder Jung noch Alt. Wenn es dann schon dunkelt, Stern um Stern uns lacht, werde ich dich küssen, halt im Arm dich sacht.*

Fast nichts mehr zeugt heute vom Militärgelände an der Lützner Straße. Schönau ist längst eingemeindet und fast vollständig im Neubaugebiet Leipzig-Grünau aufgegangen. »Auf dem 54 Hektar großen Areal der früheren Kaserne (das entspricht etwa dem Territorium von Leipzigs Altem Messegelände) stehen heute rund 400, vor allem Einfamilienhäuser, in denen 1.200 Menschen wohnen. Es gibt dort außerdem zwei Altenpflegeheime, eine Kita mit 165 Plätzen, Gewerbe und einen Einkaufsmarkt. 52,4 Millionen Euro hat die Kommune in den vergangenen zwanzig Jahren in das Gelände investiert. Davon seien knapp 13 Millionen Euro als Kaufpreis für die Kaserne an den Bund geflossen. Hohe Kosten entstanden anschließend bei der Beseitigung von Altlasten bis hin zu Kampfmitteln. Auch wurden mehr als sechs Kilometer Straßen neu gebaut, Lärmschutz-Anlagen errichtet und ein Fünftel des Areals als öffentliche Grünflächen gestaltet. So viel Grün an so vielen Stellen wird es bei anderen städtebaulichen Entwicklungsgebieten kaum noch einmal geben«, meinte die Baudezernentin Leipzigs 2016.

Mit Beginn der faschistischen Machtergreifung war mit dem Kasernenbau fürs Militär begonnen worden. Ohne Aufmarsch und Brimborium war die Kaserne 1936 der 73. Flakabteilung übergeben worden. Eine Fachschule für die deutsche Luftwaffe zog drei Jahre später dazu noch in die Häuser ein. 1940–42 befand sich auf dem Gelände auch ein »Prüfungslager«, das vielmehr eine Erziehungsanstalt war: Es »dient – teilweise mit Strafcharakter – der Erziehung der Sondersoldaten und dem Schutz der Truppe vor nachteiligem Einfluß. Gemeinschaftszersetzende unverbesserliche Schädlinge, die sich allen Erziehungsversuchen beharrlich widersetzt haben, können aus dem Prüfungslager in ein Polizeigewahrsamslager überwiesen werden«, stand in den Verordnungen. Für die Betroffenen hieß es bei nicht bestandener »Prüfung«: KZ. Bis Kriegsende verblieb die 14. Flak-Division in der Kaserne, weil deren innerstädtisches Gebäude beim Bombenangriff 1943 zerstört worden war.

Als am 18. April 1945 amerikanische Soldaten in Leipzig einmarschierten und der Kriegsreporter Robert Capa an der Angerbrücke den *Letzten Toten des Zweiten Weltkriegs* fotografierte, war die militärische Anlage verwüstet und geplündert. Dienstverpflichtete Nationalsozialisten säuberten Räume und Gelände gründlich. Dann wurde die Schönauer Kaserne der Sowjetarmee besenrein übergeben, die sie bis 1991 nutzte. Offiziere und Soldaten lebten bis auf offizielle Besuche bei den Waffenbrüdern abgeschottet. Erst mit Planung und Bau des Neubauviertels Grünau ab 1976 erlangten sie Aufmerksamkeit bei der Bevölkerung.

»Man spricht von 200 Toten.« – Schrecken und Schreckensmeldungen hat die Schönauer Kaserne am 24. September 1982 vor allem in westlichen Medien verursacht. An jenem Tage kam es zum »Großen Grünauer Knall«: »Auf dem Gelände einer sowjetischen Kaserne in Leipzig-Grünau – mitten im größten Neubaugebiet der DDR – ereignete sich am Freitag eine schwere Explosion. Augenzeugen vernahmen mehrere Detonationen, die von Munitionsexplosionen herzurühren schienen. Die hohe Außenmauer, die zugleich eine Fahrzeughalle abschließt, wurde auf einer Länge von 50 Metern schwer beschädigt. Nach Angaben von dpa, die sich auf Augenzeugen in Leipzig beruft, waren im Bereich der Kasernenmauer Bäume angesengt, eine Grasfläche am

Haupt-Kasernentor verbrannt. Außerhalb des militärischen Sperrgebiets ließen sich jedoch keine Schäden feststellen. Vermutlich explodierten bei dem Unglück einer oder mehrere Tankwagen, die mit ihrem dunkelgrünen Tarnanstrich zum typischen Erscheinungsbild von DDR-Garnisonsstädten gehören. *Die Gruppe der Sowjetischen Streitkräfte in Deutschland* (GSSD) mit ihren 20 Divisionen ist vor allem im Raum Wittenberg und Leipzig besonders massiv konzentriert. Die Kasernenanlagen sind nach außen durch Palisaden oder Mauern abgeschlossen. Die Unterstell- und Wagenhallen häufig noch aus Kriegs- und Nachkriegszeit. Die Tatsache der Explosion war vom SED-Blatt *Leipziger Volkszeitung* gegenüber der Westberliner Agentur *Wona* bestätigt, aber keine Einzelheiten mitgeteilt worden. In der Ostberliner Presse fand sich am Wochenende kein Hinweis auf den Unglücksfall.«

Nichts Genaues wusste keiner. Eine Grünauer Familie hatte erschrocken per Telefon der Verwandtschaft in Baden-Württemberg davon berichtet und ihre Sorgen kundgetan. Die Verwandten in Leutkirch, Allgäu, erzählten davon Journalisten. So stand schon tags darauf in der *Schwäbischen Zeitung:* »Bei der Explosion eines Munitionslagers soll nach unseren Informationen eine sowjetische Kaserne ›in die Luft geflogen sein‹.« Die Gerüchte blühten. Angefacht noch dadurch, dass die Berliner Genossen den Leipzigern wohl auf Veranlassung des »Großen Waffenbruders« strengstes Stillschweigen verordneten.

Doch zumindest in Leipzig waren die Tatsachen nicht zu leugnen, waren sie doch beobachtet worden und die Auswirkungen zu sehen. Die Bevölkerung pilgerte zum Unfallort. Auf dem streng gesicherten militärischen Gelände war Explosion auf Explosion erfolgt. Schützenpanzerwagen durchbrachen Mauern und Absperranlagen, um Schlimmeres zu verhindern, und standen nun auf der Straße. Soldaten rannten hektisch mit Gasmaske, Feuerlöscher und Schlauch umher. Qualm überzog das Stadtgebiet. Ein Großbrand war der Polizei, Revier Ringstraße, gemeldet worden und nicht zu übersehen. Einsatzwagen rückten aus. Die Feuerwehr kam aus ganz Leipzig. Drei Schulen wurden evakuiert, der Verkehr weiträumig umgeleitet. Lautsprecherwagen riefen die Bevölkerung auf, Ruhe zu bewahren. Panik und Erschrecken waren trotzdem nicht zu verhindern. Die DDR-Massenmedien verlauteten kein Wort über diesen Schreckenstag. In Westmedien hieß es: »Man spricht von 200 Toten.« Von denen man sicher auch gesprochen hat.

Anzunehmen ist, dass Unachtsamkeit zu der Katastrophe führte. Eine weggeworfene Papirossa wird den Brand verursacht haben, vermuteten Experten und Bewohner. Da in der Nähe aufmunitionierte Schützenpanzerwagen standen und andere Wege abgeschnitten waren, durchfuhren sie zur Rettung von Material und Menschenleben die Mauer, die die Kaserne umgab. Zu Tode gekommen ist bei diesem Großbrand niemand, verlautete die Truppenführung der Roten Armee. Zivile Opfer waren nicht zu beklagen, konnte die Akteneinsicht nach der Wende beweisen.

Ob allein, ob in Begleitung: Gilbert Hahn ist in der Nacht vom 12. zum 13. Juli 1947 am Kasernengelände in Schönau vorbeigekommen. Einfahrt und Mauer der Militäranlage waren streng bewacht.

Wart auf mich, ich kehr zurück,
glaube jenem nicht,
wer in diesem Augenblick
vom Vergessen spricht.
Mag für Mutter, für den Sohn
ich gestorben sein,
mögen alle Freunde schon
trinken herben Wein
auf der armen Seele Heil,

wie's dem Brauch entspricht,
wart und habe keine Eil,
trink mit ihnen nicht.
KONSTANTIN SIMONOW: »WART AUF MICH« (1942)

»13. Juli 1947, 11.15 Uhr
19. Pol.-Revier, Kom. Brettschneider
Sachbetreff: Leichensache – Erschossener deutscher Zivilist

In der Nacht vom 12./13. VII. 1947 wurde in Leipzig-W33, Lützner Str., in der Nähe der Kaserne Schönau festgestellt, daß dort ein Toter liegt. Er wurde von einem Posten in russischer Uniform erschossen.

Die Mordkommission, Herr O-Insp. Halsmann sowie der Krim.-Schtzm. Probst wurden von diesem Vorfall sofort in Kenntnis gesetzt.

Aufgrund einer Mitteilung des 19. Pol.-Reviers, wonach unmittelbar am Gelände der ehemaligen Flakkaserne in Schönau, welche jetzt von der Besatzungsmacht belegt ist, eine unbekannte männliche Leiche liege, begab sich Unterzeichneter nach der beschriebenen Stelle, wo er am 13.07.1947, gegen 12 Uhr, eintraf. Anwesend waren der diensthabende Oberleutnant der 3. Rajonkdtr. und Schutzmann Dieterle vom 19. Pol.-Revier. Der Unterzeichnete fand dort die Angaben bestätigt. Bereits einige Stunden vorher hatte der russische Arzt, Major Dr. Wassiljew, den Tod durch Erschießen (Kopfschuß) festgestellt. Auf Befragen erklärte der diensthabende Offizier der ehemaligen Kaserne in Schönau, ein Oberleutnant, folgendes:

Heute Nacht, gegen 1 Uhr, wollte der Unbekannte an der Stelle in das Gelände der Kaserne eindringen, an welcher er noch jetzt liegt. Durch den Posten wurde er dreimal angerufen und zum Stehenbleiben aufgefordert. Dieser Aufforderung kam er aber nicht nach. Daraufhin wurde er durch einen Schuß aus der Maschinenpistole niedergestreckt. Die Personalpapiere wurden dem Toten abgenommen. Diese verbleiben so lange mit den übrigen Wertsachen im Besitze der 3. Rajonkdtr., bis für diese Dienststelle die Angelegenheit geklärt ist.

Beglaubigt: Km. Probst

Nach Einsicht in die Personalpapiere wurde festgestellt, daß es sich bei dem Toten um den

Name:	Hahn
Vorname:	Gilbert
Geb.:	04.11.1927 in Miltitz
Wohnhaft:	in Miltitz bei Leipzig, Bahnhofstr. 11
Beruf:	Kupferschmiedehelfer

handelt.

Die Besichtigung des Tatorts ergab folgendes:

Der Tatort liegt etwa 400 Meter außerhalb der Ortschaft Schönau in Richtung Markranstädt, unmittelbar an der langgezogenen Garagenreihe der ehemaligen Flakkaserne in Schönau. Die Begrenzung stellt die Garage selbst dar, während die östliche Grabeland ist. Der Tatort selbst ist circa 10 Meter von der Staatsstraße Leipzig-Lützen entfernt.

Bei meinem Erscheinen lag der Tote in Ost-West-Richtung.

Der Kopf lag an der Garagenwand an. Er befand sich in Rückenlage. Der Körper war etwas gebeugt, und die Beine waren stark angewinkelt. Die linke Hand lag angewinkelt unter dem linken Gesäß, während der rechte Arm entlang des Oberkörpers zu liegen gekommen war. Das Gesicht war blutüberströmt, hervorgerufen durch den Kopfschuß, welcher den Einschuß höchstwahrscheinlich zwischen der Nase und dem linken Auge hatte.

Der Tote war vollkommen bekleidet. Die Jacke und die Hose waren aufgeknöpft. Die Umstände lassen darauf schließen, daß sich der Hahn bei Lebzeiten mit einer weiblichen Person nach dieser Stelle zurückgezogen hatte.

Der Leichnam wurde durch das Beerdigungsinstitut Rütter zwecks Sektion nach dem Institut für Gerichtliche Medizin überführt.«

Am gleichen Tag wurden die Angehörigen des Verstorbenen von dem Vorfall in Kenntnis gesetzt. Auf Befragen erklärte der Arbeiter

Name:	Hahn
Vorname:	Erich
Geb.:	am 29.05.1904 in Limbach (Baden)
Wohnhaft:	in Miltitz bei Leipzig, Bahnhofstr. 11

Folgendes:

»Mein Sohn Gilbert ist am 12.07.1947, gegen 19.30 Uhr, aus unserer Wohnung gegangen. Er sagte uns, daß er noch mit zwei anderen Kameraden nach ›Schäfers Ballhaus‹ in Leutzsch tanzen gehen wollte. Die Namen der beiden anderen sind Jürgen Hänsch und Heinz Bartuschek. Beide sind ebenfalls in Miltitz wohnhaft. Da ich heute Morgen keine Ruhe mehr hatte und mein Sohn sonst nie die ganze Nacht über ausbleibt, erkundigte ich mich bei beiden über den Verbleib meines Sohnes. Diese konnten mir aber keine weiteren Aufschlüsse geben. Sie sagten, daß sie sich am 12.07.1947 gegen 24 Uhr in ›Schäfers Ballhaus‹ getrennt hätten. Mein Sohn Gilbert hätte dann anschließend ein Mädchen nach Hause begleitet. Den Namen oder die Anschrift konnten sie mir aber nicht verraten. Ich glaube mich aber zu erinnern, daß sie mir gesagt haben, daß es in Lindenau wohnen solle.

Ich weiß genau, daß mein Sohn seine Armbanduhr an dem besagten Abend getragen hat. Es war ein wertvolles Stück, eine Schweizer Uhr. Wenn ich höre, daß er sie nicht mehr am Arm und auch nicht bei seinen Effekten hat, bin ich sicher, daß sie gestohlen worden ist.

Ich kann mir weiter nicht vorstellen, daß die Angabe,

mein Sohn habe in das Gelände der Kaserne eindringen wollen, der Wahrheit entsprechen soll. Er hat sich noch nie eine strafbare Handlung zuschulden kommen lassen, und auf der anderen Seite kennt er das Gelände der Kaserne nicht. Meiner Meinung nach liegen hier andere Gründe vor.

Zusatz: Mein Sohn soll auf dem Miltitzer Friedhof beerdigt werden.«

Die Polizei verhört die Freunde. Einbestellt erscheint der Elektriker

Name:	Hänsch
Vorname:	Jürgen
Alter:	21 Jahre
Wohnhaft:	Miltitz, Feldstr. 9

und gibt auf Befragen Folgendes an:

»Am 12.07.1947, von 18.30 Uhr bis 24 Uhr, war ich mit dem Gilbert Hahn zusammen.« Dann widerspricht seine Aussage den von Gilberts Vater gemachten Angaben, denn den gemeinsamen Besuch der Pärchen in der Wohnung der Renate hat er verschwiegen. Nachvollziehbar, die Tragik des folgenden Geschehens war Gilberts Freund noch unbekannt. Doch sagt Jürgen: »Ich weiß genau, daß er an seinem linken Arm eine Armbanduhr getragen hat. Irgendwelche Äußerungen, daß er in das Gelände der ehemaligen Flakkaserne in Schönau eindringen wolle, hat er uns gegenüber nicht gemacht. Ich traue ihm eine solche Handlungsweise auch nicht zu. Er ist immer seinen geraden Weg gegangen.«

Die Ermittler vermerken: »Die Vernehmung der Hannelore Weber, wohnhaft Leipzig-W33, Merseburger Straße 94, und die genaue Beschreibung der Armbanduhr werden nachgereicht.« Wenn die Vernehmung stattgefunden hat, liegen sie der hinterbliebenen Akte nicht bei. Möglich scheint, dass alle Untersuchungen eingestellt wurden. Es war üblich, dass, war die sowjetische Besatzungsmacht am Geschehen beteiligt, die Angelegenheit für die deutsche Polizei beendet wurde. Offensichtlich war Gilbert Hahn nicht mehr im Besitz seiner Armbanduhr – Wertgegenstand und Statussymbol, vor allem in der Nachkriegszeit. Der Verkauf eines solchen Chronometers brachte Geld – und bringt es.

Mallorca Magazin vom 24. August 2019: »Der Nationalpolizei ist auf Mallorca und Ibiza eine umtriebige Bande ins Netz gegangen. Bei mehreren gewalttätigen Raubüberfällen am helllichten Tag hatten die Täter Opfern teure Armbanduhren oft namhafter Marken wie Rolex vom Handgelenk gerissen. Anlässlich der Häufigkeit der Vorfälle hat die Polizei nun eine eigene Untersuchungseinheit gegründet. Erst am Freitagmittag war dem balearischen Oberstaatsanwalt Bartomeu Barceló nahe des Parkhauses Plaça Mayor in Palma eine Rolex vom Arm geklaut worden. Die Täter konnten später am Flughafen gestellt werden. Zu der Bande sollen unter anderem zwei italienische Männer gehören. Auf Mallorca war die Gemeinde Calvià in den vergangenen Monaten Fokus von Rolex-Dieben. Auch auf Ibiza wurden Italiener festgenommen, die Mitglieder krimineller Gruppen sind und als Touristen getarnt ihre Opfer überfielen.«

»Die Sektion hat ergeben, daß der Gilbert Hahn mittelbar vor dem Tode einen rechtsseitigen Brustdurchschuß mit Einschußöffnung hat. Dabei wurden unter anderem die Luftröhre, die rechte Lunge, die Wirbelsäule, das Rückenmark durchschlagen. Aus den dabei eröffneten Gefäßen ist es zu starker Blutung mit Blutarmut der inneren Organe und zur Ansaugung von Blut in die Atemwege und das Lungengewebe sowie zum Verschlucken des Blutes in den Magen gekommen. An den Folgen dieser schweren Verletzung, letzten Endes an Verblutung, ist der Hahn gestorben.«

Der Mond sprach zur Sonne: »Ich lieb' dich!
Sag', Sonne, liebst du mich denn auch?
Ich komm' rüber mal, und ich küss' dich,
Das ist bei Verliebten so Brauch.«
Die Sonne, jedoch, hatte Angst vor ihm,
Sie lief ihm davon, und das ärgert' ihn,
So rennt er schon viel' tausend Jahre
Der Sonne im Dauerlauf nach
Seit der Zeit, seit der Zeit
Gibt's bei uns die Nacht und den Tag.

Evelyn Künneke: »Drei kleine Geschichten« – erster deutscher Nr.-1-Hit, 1946

Artist sucht Partner

Ende der Vorstellung, Dresden 1950

Name:	Henjes
Vorname:	Berno
Geboren:	27.02.1933
Geburtsort:	Gelsenkirchen
Größe:	161 cm
Beruf:	ohne erl. Beruf
Gestalt:	schlank
Haar:	dunkelblond
Bart:	ohne
Schulterneigung:	waagerecht
Gesicht:	oval
Stirn:	hoch, senkr.
Augen:	dunkelbraun
Augenbrauen:	dicht
Nase:	mittel
Ohren:	mittel abstehend
Mund:	voll
Kinn:	rund
Haltung:	gerade
Sprache/Mundart:	hochdeutsch
Merkmale:	rechts an der Stirn eine Narbe.

Urteilsbegründung vom 12. Oktober 1950: »Nach dem Gutachten des Psychiaters handelt es sich bei Henjes um einen Jugendlichen, dessen Gefühle sich an der Oberfläche befinden und nicht in die Tiefe gehen. Er sei kokett wie ein Mädchen und achte sehr auf sein Äußeres. Dieser Eindruck wurde auch durch sein Verhalten vor Gericht weitgehend bestätigt, wenn auch die Tat und die Gerichtsverhandlung ihn beeindruckten. Eine Geistesstörung oder eine Geistesschwäche konnte der sachverständige Psychiater nicht feststellen, bejahte jedoch trotz genügender Intelligenz seine Unreife. Auch sei er oberflächlich, spielerisch, egozentrisch und leichtsinnig …«

Dezember 1949, zwei Wochen vor Weihnachten: Vielleicht saß Berno Henjes in einem Café. Vielleicht las er Zeitung bei Muttern daheim. Vielleicht lag die *Berliner Palette* in der Kantine des Meininger Theaters. Berno ist im Hause Eleve beim Ballett. In mehreren Stücken hat er bereits dort auf der Bühne gestanden. Im letzten Schuljahr war jemand in seine Klasse gekommen und hatte die Kinder fürs Theater begeistert. Berno ist stimmbegabt und hat sich für die Aufführung der Oper *Der Wildschütz* gemeldet. »In der Folgezeit habe ich dann weiter als Tanzeleve im Meininger Landestheater mitgespielt. Später wurde dann in Meiningen eine Ballettschule gegründet, und nur Schüler dieser Schule wurden für die Aufführungen im Theater herangezogen. Für diese Schule mußte ich ein monatliches Schulgeld von DM 20,- aufbringen. Ich habe für andere Leute Holz gehackt, Wege besorgt und so weiter, nur um mir dieses Schulgeld zu erarbeiten. Ich wollte Schauspieler werden. Ich habe nie einen Tag Berufsschule besucht, man hat mich auch nie dazu angehalten. Ich weiß nicht, wieso ich darumgekommen bin.« Am Theater fühlt sich der Junge aufgehoben, akzeptiert. Auch fühlt er sich erwachsen, eine ältere Balletteuse zeigte dem Eleven Liebe. Die Mutter kann ihren »Großen« finanziell nicht unterstützen. Vier Kinder hat sie zu ernähren. Seit zehn Jahren lebt sie in Meiningen. Seit zehn Jahren gilt Bernos Vater als vermisst.

Auch ihr zweiter Ehemann blieb im Krieg. Die Familie lebt von der Wohlfahrt. Mit Stricken verdient die Mutter ein wenig hinzu. Berno hat fünf Jahre die Schule besucht, für seine Familie ist er jederzeit da. Er liebt die Mutter, die Geschwister. Aber eines ist Berno gewiss: Nirgendwo anders als auf einer Bühne möchte er arbeiten. Für diesen Traum tut er alles.

Die *Berliner Palette* war 1949 eines der wenigen Kulturblätter Deutschlands. Redaktionssitz: Ostberlin, Unter den Linden 54. Die Illustrierte berichtete nicht nur über Kunst in Berlin. Die *Palette* schrieb über neue Kinofilme, über Margot Hielscher, Bruni Löbel, Karl Schönböck als »feschen Paul« in *Der blaue Strohhut*. Die DEFA kündigte die Dreharbeiten zu *Bürgermeister Anna* an. Literarische Vorlage: Friedrich Wolf. Drehbuch: Richard Nicolas. Ein neues Varieté-Programm wurde im »Haus Vaterland« probiert, die »Neue Scala« brachte Artistik. Der Premierenspiegel zeigte in Dresden die *Optimistische Tragödie,* in Bremen den *Zerbrochenen Krug,* Rostock inszenierte *Wassa Schelesnowa* und Chemnitz *Grube Stern* – das Stück gibt ein »aufschlußreiches Bild eines neuen Arbeitsethos der Bergarbeiter im Donezkgebiet«, geschrieben wurde es 1928 vom vierundzwanzigjährigen Alexander Kornejtschuk. Ein junger Mann. Auch in dessen Heimat hatte der Krieg gewütet. Auch er war von Kunst begeistert.

Berno liest im Heft vom »Haus der Kinder« in Berlin. »Unweit von dem Bahnhof Frankfurter Allee, am Stadtpark Lichtenberg liegt es, das große weißleuchtende Paradies, das Haus der Kinder, in dem sich Träume der frühbegabten Kleinen erfüllen, Unterricht in den ihren Neigungen entsprechenden Fächern zu erhalten. Da herrscht blitzende, tadellose Sauberkeit auf allen Fluren, die Klassenzimmer sind Oasen moderner Pädagogik und überall studieren die kleinen Kursteilnehmer mit Eifer und Liebe zur Sache … Alle diese Kinder können ihre Talente in ernster Arbeit unter fachkundiger Leitung entwickeln und fördern, sie sind nicht auf die Einkommensverhältnisse im Elternhaus angewiesen, denn der Unterricht ist kostenlos. ›Wir erstatten ihnen sogar das Fahrgeld‹, sagt Herr Förster in Vertretung des Direktors, ›und an unserem Unterricht kann jedes Kind aus jeder Wohngegend, ganz gleich ob Ost- oder Westsektor, teilnehmen. Die Zentralverwaltung für Volksbildung hat diesen großzügigen Plan ins Werk gesetzt …‹ Es macht Freude, überall die eifrigen Gesichter der Kinder, auf denen sich in den Pausen ein glückliches Lächeln zeigt, zu sehen. Man spürt, daß die Kinder ganz organisch ihren Anlagen entsprechend in einen Beruf hineinwachsen, dem sie leidenschaftlich ergeben sind und der deshalb nicht in erster Linie Broterwerb für sie ist.« Chorgesang und Blockflöte. Malerei und Fotoklasse. Abteilung Technik. Arbeitsgemeinschaft Biologie. Auch ein Ballettkurs steht im Programm. Auf dem Foto sieht man die Eleven in Reihe. Ein Junge ist mit gutem Willen zwischen den Mädchen erkennbar. Würde Berno Henjes gern den Kurs belegen? Meiningen hat kein »Haus der Kinder«. Meiningen ist der *Palette* keine Zeile wert. Vielleicht blättert Henjes weiter, liest Heiratsanzeigen: 32-Jährige von Künstler geschieden. Wassersportler, geistig lebhaft, kriegsbeschädigt. Männer und Frauen suchen Gedankenaustausch und Briefwechsel. Kauf und Verkauf. Fernkurs in doppelter Buchführung und Bilanztechnik nach den Grundsätzen der Neuzeit. Berno Henjes liest: Stellenangebote.

Berno ist siebzehn und hofft, dass ihn dieses eine in seiner beruflichen Laufbahn schneller voranbringen wird: »Junger Artist sucht dringend Partner (16 bis 23 Jahre) für gute Nummer (Stepptanz und Balance-Akt), evtl. auch Anfänger. Interessenten persönlich oder schriftlich mit Bild, Größen- und Gewichtsangabe an Roiko Naubitz, Dresden A-40, Windbergstr. 30.« Berno wird sich die Adresse notieren. Er wird Herrn Naubitz in Dresden schreiben. Herr

Naubitz antwortet sofort mit einem Telegramm: *Engagiere als Partner – 14 Tage Probezeit – Wohnung und Kost frei – erwarte Sie Sonnabend 21. in Berlin – Roiko Naubitz.* Berno fährt nach Berlin.

»Am 21. Januar dieses Jahres lernte ich Herrn Roiko Naubitz in Berlin aufgrund einer von ihm gestellten Vakanz kennen. Er hatte dort im Westen ein Engagement in einer Bar ›Eremitage‹. Er war mit mir zufrieden, und wir wollten einen Vertrag abschließen … Gleich am ersten Tag bat mich Naubitz, mit ihm aufzutreten. Alleine machte ihm seine Nummer keinen Spaß mehr. Er lieh mir seine Steppschuhe … Er erhielt keine feste Gage, sondern ist nach seinen Aufführungen mit einem Teller durch die Reihen der Gäste gegangen und hat eingesammelt. Ich habe mich dagegen gesträubt … Mir kam es auch als Bettelei vor … Auf meine Vorwürfe, daß ich mir das nicht so vorgestellt habe, machte er mir klar, daß es an der derzeitigen Lage liegt und es schwer sei, ein festes Engagement zu bekommen. Seine artistische Nummer war bestimmt nicht schlecht, es steckte viel Arbeit dahinter. Die ersten vierzehn Tage erhielt ich kein Entgelt, er hat für mich alles Lebensnotwendige besorgt. Täglich haben wir in drei, vier Lokalen im Westsektor gearbeitet. Für 2 Mark kauften wir im Westsektor ein, das übrige Westgeld tauschten wir in Wechselstuben für Ostmark ein. Brot wurde in der HO [Handelsorganisation in der Sowjetischen Besatzungszone und später in der DDR] gekauft. Als die vierzehntägige Probezeit um war, erklärte ich mich auch weiterhin bereit, mit Roiko zusammenzuarbeiten, von dieser Zeit an erhielt ich die Hälfte des eingesammelten Geldes.«

Auch Naubitz ist jung, dreiundzwanzig Jahre. Beim Auftritt harmonieren beide. Die jungen Artisten zeigen fortan unter dem Namen »Die Roikos« ihre Kunst. Mitte Februar »kehrten wir über Leipzig nach Dresden zurück. Hier hat

Naubitz seine Eltern wohnen. Sein Vater betreibt ein selbständiges Baugeschäft ... Dort wohnte er bei seinen Eltern vorn und ich im Hinterhaus bei einer Bekannten in der Küche auf einer kleinen Couch.« Das Haus der Naubitz' ist auf der Windbergstraße an den Südhängen Dresdens. Im Hinterhaus ist eine Schmiede, darüber wohnt Elsa Müchel, die Freundin der Familie. Die Küche ihrer kleinen Wohnung hat einen separaten Eingang und wird für Berno das »eigene« Zimmer. Hier sitzen die beiden Artistenkollegen, spielen das »Hütchenspiel« oder schwatzen, wenn sie nach dem Auftritt noch nicht Ruhe finden können oder wollen. Wenn sie bei Roikos Eltern im Vorderhaus sitzen, schilt Mutter Naubitz wegen des Stromverbrauchs mitten in der Nacht. Im Hinterhaus kann die Mutter das brennende Licht nicht sehen. In Dresden »hatte Roiko keinen Vertrag, wir arbeiteten ... wieder gegen ›dezentes Einsammeln‹ in verschiedenen Gaststätten«.

Berno Henjes wird in Roikos Familie integriert. Der Vater schimpft zwar lautstark auf den Lebenswandel seines Sohnes, bietet ihm aber zum wiederholten Male den Eintritt in sein Unternehmen an. Doch Roiko lehnt ab, es fallen harte Worte. Ein Ritual zwischen Vater und Sohn. Zu ernsthaften Streitigkeiten, gar Gewalt, ist es niemals gekommen. Da Berno in Dresden nicht gemeldet ist und deshalb keine Lebensmittelkarte besitzt, kocht Mutter Naubitz meist Mehlsüppchen für die »Kinder«. Die gehen für gewöhnlich gegen 8 Uhr abends aus dem Haus. Nach Mitternacht oder morgens mit der ersten Bahn kehren sie zurück. Alltag – bis Berno Henjes am Freitag, dem 3. März 1950, 11.45 Uhr mittags, die Küche im Vorderhaus betritt.

Roikos Bruder Peter wird später zu Protokoll geben: Auf ihn machte Berno den Eindruck, »als hätte er die Nacht durchgesoffen«. Hemd und Hose standen offen. Berno setzte sich an den Tisch und fragte immer wieder: »›Wo bin ich, wo bin ich? Was haben sie mit uns gemacht?‹ Ich wollte ihm erst entgegnen: ›Mensch, mach kein Theater und sage, was los ist.‹ Meine Mutter fragte: ›Wie siehst du aus? Was ist mit Roiko los? Warum kommt er nicht rüber?‹ Darauf antwortete er: ›Gehen Sie nur rüber.‹ Er saß gebeugt am Tisch und legte die Schlüssel vor sich hin. Jede weitere Frage beantwortete er mit: ›Gehen Sie nur rüber, gehen Sie nur rüber.‹ Nun sagte er auch: ›Ich habe Hunger, ich habe die ganze Nacht nichts gegessen.‹«

Peter Naubitz findet seinen Bruder in Bernos Zimmer im Hinterhaus. Auf dem Bett. In Schlafkleidung. Tot. Die Leichenstarre ausgeprägt. Peter Naubitz kehrt zurück: »Wie kann so etwas passieren!?« Man verständigt die Polizei. Dieser plötzliche Tod des Artisten Roiko Naubitz veranlasst weitere Ermittlungen. »Es wird eine Lebensmittelvergiftung vermutet. Es besteht der Verdacht auf Mord.« Die Mordkommission trifft gegen 6 Uhr abends auf der Windbergstraße 30 ein.

»Der Tatort ist ein rechteckiges Zimmer, das sich im ersten Stockwerk des Hinterhauses Windbergstraße 30 befindet, und zwar stellt dieses die Küche der Frau Müchel, der einzigen Bewohnerin des Hinterhauses, dar. Diese Küche hat einen separaten Eingang, genau wie die übrigen Zimmer, die von Frau Müchel bewohnt werden. Die Küche ist mit nur einem Fenster versehen. Der Raum ist 3,20 Meter tief und verbreitert sich im letzten Drittel: von 1,65 Meter auf 2,80 Meter so, daß ein sechseckiges Zimmer entsteht. Es herrscht in dem Zimmer eine allgemeine Unordnung. Gebrauchtes Geschirr steht herum. Das gegenüber der Tür befindliche Fenster ist mit zugezogenen Gardinen versehen. Unterhalb dieses Fensters steht ein 1,60 Meter langes und 0,65 Meter breites Chaiselongue, auf diesem liegt ein Federunterbett. Ein Stuhl am Fußende verlängert diese Lagerstätte, auf der der Tote, mit Unterhose und Hemd bekleidet, auf dem Rücken liegt. Vor der Lagerstätte befinden sich zwei Haufen erbrochener Makkaroni. Davor auf der linken

Seite des Zimmers stehen ein Stuhl und daneben ein Tisch, auf dem zurechtgelegte Schnitten, bestrichen mit Aufstrich-Paste, liegen. Gleich neben der Tür links befindet sich ein Gasautomat mit 10-Pfennigstück-Einwurf. Dieser bedient einen zweiflammigen Gaskocher, der sich rechts von der Tür befindet. Ebenfalls auf der rechten Seite steht ein Küchenascheherd. Auf dem Herd steht ein 20-Liter-Topf, in dem ein Betttuch eingeknüllt ist. Es befindet sich jedoch kein Wasser in dem Topf. Der Schornstein, der sich an den Küchenherd anschließt, beginnt vom Fußboden ab und ist auf eine 13er Ziegelwand aufgesetzt. Die Rußglocke ist mittels Zeitungspapiers gut abgedichtet. An diesen Schornstein ist der im anschließenden Wohnzimmer befindliche Kachelofen angeschlossen, der jedoch zu der fraglichen Zeit, ebenso wie der Küchenofen, nicht benutzt wurde, da sich die Bewohnerin, Frau Müchel, zur Zeit im Krankenhaus befindet. Am Haupthahn befindet sich ein Zettel mit der Aufschrift: ›Bitte hier zudrehen, da sonst Gas ausströmt.‹ Dieser Hahn ist geschlossen. Im Küchenofen befindet sich eine große Anzahl gebrauchter Streichhölzer und Zigarettenkippen. In dem 2,50 Meter hohen Zimmer befindet sich außerdem noch elektrisches Licht.« Es stellen sich Fragen. Roiko Naubitz' Tod sieht nicht wie ein natürlicher aus.

Berno Henjes schildert zunächst den vergangenen Mittwoch: »Ich kann mich genau entsinnen, daß wir abends ziemlich spät, ungefähr gegen 21 Uhr, zu unserer Arbeit in die Stadt fuhren. Wir traten im Hotel *Anton,* Weißeritzstraße, auf. Wir waren dort nicht verabredet und fragten die Chefin, ob wir auch an diesem Abend den Gästen unsere Nummer zeigen durften. Vor unserem Auftritt aßen wir. Gegen 23 Uhr verließen wir dieses Lokal und gingen zu *Bretschneider,* auch dort hatten wir schon mehrfach Auftritte. Um 24 Uhr hatte die Kapelle eine Pause, und in dieser Zeit zeigten wir wieder unsere Künste. Ein Herr von der Landesbühne bat uns zu sich an den Tisch. Wir kamen in ein Gespräch.

Er gab uns eine Anschrift von dem Veranstaltungsleiter der ›Deutschen Volksbühne‹, wohin wir uns zwecks eines Engagements wenden sollten. Da wir knapp bei Kasse waren, leisteten wir uns gemeinsam nur ein Glas dunkles Bier. Gegen 3 Uhr hat uns dann der Kraftfahrer, dessen Namen ich nicht kenne, mit seinem Wagen nach Hause gefahren, damit wir nicht bis nach Gittersee laufen müßten. Zu Hause angekommen, gingen wir beide gemeinsam in mein kleines Zimmer ins Hinterhaus. Roiko ging nochmals vor zu seinen Eltern und wollte Brot holen. Er kam auch sofort wieder zurück. Wir machten uns Schnitten zurecht. Plötzlich wurde uns beiden schlecht. Beide hatten wir gebrochen und sind dann eingeschlafen. Genaue Uhrzeiten kann ich nicht angeben, weil ich keine Uhr habe. Das Zimmer wird nicht geheizt. Seit drei Wochen wohne ich darin, und ich kann mich nicht entsinnen, daß der Ofen in dem Zimmer einmal geheizt war. Das Zimmer befindet sich in der ersten Etage. Im Erdgeschoß ist eine Schmiede. Trotzdem habe ich nichts gemerkt, daß etwa durch ein Schmiedefeuer die Wände erwärmt worden wären. Solange ich darin wohne, ist es mir auch noch niemals schlecht geworden.

Ich bin erst am Freitag gegen 11 Uhr vormittags aufgewacht [nach anderthalb Tagen, Anm. d. Verf.]. Mein Partner lag tot neben mir. Ich selbst verspürte ein sehr starkes Übelkeitsgefühl. Ich war so schwach, daß ich zum Anziehen bald eine Stunde Zeit brauchte. Ich hatte wahnsinnige Kopfschmerzen und Ohrensausen. Ich hatte direkt schwer gehört. Ich bin dann vor zu den Naubitz' in die Wohnung getorkelt. Der Bruder von Roiko ist dann als erster nach hinten und hat seinen toten Bruder gesehen. Ich habe mich gar nicht getraut, den Eltern zu sagen, daß Roiko tot ist …

Zwischen mir und Roiko hat stets ein gutes Einvernehmen geherrscht. Trotz der Schwierigkeiten in Bezug auf unseren Broterwerb in unserem Artistenberuf wollten wir zusammenbleiben. Meine Aussagen entsprechen der Wahrheit, was ich mit meiner Unterschrift bestätige: *Berno Henjes.*« Das Erbrochene wird untersucht. Schadstoffe werden nicht festgestellt. Das Sektionsprotokoll stellt als Todesursache Kohlenmonoxidvergiftung fest. Eine Lebensmittelvergiftung scheidet aus. Kohlenmonoxid – bleibt nur der Gasautomat. Denn die »Brandkommission stellt fest: Nach den baulichen Gegebenheiten und durch die Tatsache, daß die Öfen in den letzten Tagen nicht geheizt wurden, kann kein Kohlenoxydgas durch Verbrennen von Heizmaterial in den Raum gelangt sein.« Tatsache: Roiko Naubitz ist tot. Selbstmord? Mord? Gar Doppelmord? Berno sagt: »Als ich nach Roikos Hand fassen wollte, kam der ganze Arm. Ich habe eben ein stärkeres Herz.«

Wer hat ein Motiv, zu töten? Mit seinem Vater hatte Roiko tags vorher gestritten. Die Emotionen kochten. Roiko schrie: »Ich brauch euch überhaupt nicht mehr!« Der Vater schrie: »Ich werde dich nicht mehr unterstützen!« Und wirklich und immer wieder hatte der Vater Roiko Geld zugeschoben. Bis nach Berlin hat er es seinem Sohn gebracht. Alle maßen den lauten Worten keine Bedeutung bei.

Zeugen aus dem Lokal *Bretschneider* sagen aus. Eine Tanzpartnerin hat bei Roiko Schwermut bemerkt. Als sie ihn fragte »Was ist?«, bekam sie zur Antwort: »Reden wir nicht davon.« Für sie scheint Selbstmord nicht ausgeschlossen. Berno poussierte am Abend mit Anna Elisabeth Marschner. Ein Kuss und Händchenhalten. Sie schlug Berno vor, doch gemeinsam bei ihr zu schlafen. Berno schien unschlüssig. Der Saxophonist der Kapelle wollte ihm anderes beweisen: »Bubi, es gibt noch was Schöneres als Frauen.« Berno ging auf das eindeutig sexuelle Angebot nicht ein. »Ich dachte mir gleich, der wolle mich testen.« Der Kraftfahrer der Landesbühnen fuhr die zwei »Roikos« nach Hause und wiederholte das Angebot vom Engagement bei der »Deutschen Volksbühne«. Dort stelle man Programme zusammen und fahre übers Land. Kultur auf die Dörfer! Berno wollte Roiko von der Idee überzeugen. Sie hätten auf diese Art sichere Einkünfte. Ein »dezentes Einsammeln« entfiele. Das Bier könnten sie des Abends trinken und müssten sich nicht ein Glas teilen. - Mordmotive?

Berno Henjes ist im Fokus der Ermittler. Zumal »bei den von hier aus durchgeführten Ermittlungen festgestellt wurde, daß Henjes weder eine Aufenthaltsgenehmigung noch polizeiliche Meldung hatte für Dresden. Laut Fernschreiben vom 07.03.1950 ist Henjes in Meiningen gemeldet. Anhängig ist er laut demselben Fernschreiben dort nicht gewesen. Es wurde lediglich mitgeteilt, daß er als Tanzeleve in dem dortigen Landestheater tätig ist und sich angeblich auf Gastspielreise befindet. Im vorliegenden Falle ist einwandfrei festgestellt worden, daß der Henjes sich unerlaubt von seinem Heimatort entfernt hat und hier ohne jede Genehmigung als Artistenlehrling in Dresden gemeinsam mit dem Roiko Naubitz aufgetreten ist.«

Vorbei die Lügen. Am 16. März streitet Berno Henjes nichts mehr ab und gibt im Geständnis zu Protokoll:

»Ich bedaure, daß ich nicht der Polizei von vornherein die Wahrheit gesagt habe. Ich habe keine Angst vor der Strafe, sondern schäme mich so … Natürlich das andere auch. Ich hatte den Gedanken, dafür mußt du bestraft werden, der Gedanke, abzuhauen, ist mir nicht gekommen. Ich hatte auch nicht die Absicht oder den Mut, mich selbst zu stellen, das heißt, der Gedanke dazu ist mir nicht gekommen …

In den ersten Tagen unserer Anwesenheit in Dresden waren wir mit der letzten Bahn gegen 24 Uhr in unserer Wohnung angekommen. Weil wir noch nicht müde waren, spielten wir mit dem ›Hütchenspiel‹. Das ›Hütchenspiel‹ ist ein Würfelspiel nach der Art des ›Mensch ärgere Dich nicht‹. Wir machten es hinten in meinem Zimmer, da Roikos Eltern immer wegen des vielen Lichtverbrauchs schimpften. Wir zogen uns beide aus. Ich hatte das Hemd und Roiko meines Wissens Hemd und Unterhose an … In dieser

Nacht näherte sich Roiko mir das erste Mal geschlechtlich. Wir spielten gegenseitig mit den Händen an unseren Geschlechtsteilen, bis es bei uns zum Erguß kam. Wir schliefen dann bis zum nächsten Morgen. Dann ging der Tagesablauf wie üblich weiter, Proben und abends wieder Auftritte in verschiedenen Gaststätten … Einige Tage später schlief Roiko wieder mit auf meinem schmalen Schlafsofa. Hierbei kamen wir wieder geschlechtlich in Verbindung, in dem er sein Geschlechtsteil in meinen After einführte. Wieder kam es bei beiden zum Erguß. Ich weiß gar nicht, wie es kam, ich war dann wie in einen gewissen Bann von Roiko gelangt. Ich habe so etwas nie bisher getan. Das Komische an der Sache war, daß ich ihn gar nicht verabscheuen konnte. Ich weiß selbst nicht, wie das kam. Diesen Akt, wie das letzte Mal, haben wir ungefähr drei- bis viermal vollzogen …«

Am Mittwoch waren sie aufgetreten, und der Abend verlief, wie ihn Berno geschildert hatte. Er hatte Roiko gebeten, sich mit ihrem Programm bei der »Deutschen Volksbühne« vorzustellen. Es brächte sicheren Lohn. Doch Roiko blieb skeptisch und ließ sich nicht überzeugen. »Bereits vorher hatte er mir gesagt, daß wir in Westberliner Lokalen nackend auftreten wollten. Ich war davon nicht erbaut. Über diesen Punkt ist mehrmals Streit entstanden, weil ich das keinesfalls mitmachen wollte. Ich wollte Roiko zu diesem Engagement bei der Landesbühne zureden, aber er sagte, daß solch eine Tournee zu sehr anstrenge, in Westberlin könnten wir uns unser Geld leichter verdienen …

Ich sagte, daß er doch vorgehen [in die elterliche Wohnung, Anm. d. Verf.] solle zum Schlafen, Roiko entgegnete jedoch: ›Nein, die sollen vorn sehen, daß ich auch ohne sie durchkomme.‹ Daher blieb er noch mit hinten. Während er vorn war [um Essen zu besorgen, Anm. d. Verf.], hatte ich mich bereits ausgezogen und ins Bett gelegt, ich hatte nur Hemd und meine Schamhöschen an. Als Roiko mit Kaffee und Brot zurückkam, ist er ziemlich stürmisch geworden, zog sich aus und kam mit zu mir auf das Sofa. Es begann wieder der Verkehr, wie lange dieser Akt andauerte, vermag ich nicht zu sagen. Bei beiden ist es wieder zum Erguß gekommen. Ich habe mein Sperma mit dem Taschentuch aufgefangen, während er seins in meinen After laufen ließ.

Ich muß mich noch heute vor Ekel schütteln, wenn ich daran denke. Nach diesem Verkehr hatte ich einen Ekel und ein ganz komisches Gefühl in mir. Ich mußte jedesmal an meine Mutter denken, die mich vor so etwas gewarnt hatte. Roiko schlief bald ein, während ich gar nicht einschlafen konnte, so war ich innerlich erregt. Ich war so müde, daß ich hätte Streichhölzer in meine Augen klemmen können, und ich konnte trotzdem nicht einschlafen. Ich stand auf vom Bett, zog mich an und drehte den Gashahn auf. Dann verließ ich das Zimmer und setzte mich auf die Treppe.

Als ich noch im Hemd neben Roiko lag, kam mir der Gedanke, die Tat so auszuführen, wie ich sie tatsächlich beging. Ich wußte mir keinen anderen Ausweg, wie ich von Roiko loskommen sollte. Ich vermag es in Worten nicht auszudrücken, was eigentlich meine Gedanken waren, die mich zu dieser Tat führten. Ich dachte daran, welch Gefallen Roiko an diesem Akt hatte und wie ich ihm bereits gesagt hatte, daß mir das zuwider war. Ich dachte an meine Mutter und meine Freundin in Meiningen. Es war so ein Gedankenblitz, ohne daß ich jetzt imstande wäre, diesen Gedankenblitz begrifflich in Worten wiederzugeben. Ich habe dann den Gashahn an der Leitung und den Hahn am Kocher auf ›Auf‹ gestellt. Das Licht ließ ich brennen. Gleich hinter der Zimmertür habe ich mich auf die oberste Treppe des Hausflurs gesetzt. Ich kann nicht angeben, wie lange ich dort gesessen habe. Ich muß etwas eingeschlafen sein. Ich kann nicht sagen, welche Tageszeit herrschte. Als ich erwacht war, bin ich in die Küche zurück. Ich sah nun, was ich angerichtet hatte … Ich bin auf gar keinen vernünftigen Gedanken mehr gekommen, ich heulte dann wie ein Schloßhund. Das Fenster habe ich den ganzen Tag über offen gelassen. Ich habe den ganzen Tag über im Zimmer gesessen und vor mich hin gestiert und wollte Erklärungen von mir selbst haben …

Die ganze Nacht vom Donnerstag zum Freitag habe ich in der Küche auf dem Stuhl gesessen. Das Licht ließ ich brennen. Ich mußte unverwandt auf Roiko stieren. Der Gedanke an Wiederbelebungsversuche durch dritte Hand ist mir nicht gekommen. Ich selbst habe ihn gerüttelt und geschüttelt und beim Namen gerufen. Als ich in das Zimmer zurückkam, war er jedoch schon tot … Am Freitagvormittag bin ich dann vor in die elterliche Wohnung von Roiko gegangen. Ich hatte mir nicht irgendwelche Ausreden zurechtgelegt, wie dies hätte passieren können. Daß meine Tat herauskommt, wußte ich, nur vor den Eltern … (Schulterzucken).«

In der Untersuchungshaft begreift Berno Henjes das Endgültige seiner Tat. Er bedauert. Er sorgt sich um seine Familie. Er schreibt ihr. Am 9. Mai schreibt er folgende Zeilen:

Meine geliebte Mutti!
In keinem Deiner lieben Briefe fehlt die Frage: »Warum hält man Dich fest?« – Nun, lb. Mutti, es fällt mir nicht leicht, Dir diese Frage zu beantworten. Doch ich weiß, Ungewißheit ist ein schweres Laster. Doch bevor Du es erfährst, versprich mir, Dir keine unnötigen Sorgen zu machen, denn sie sind unnötig, schaden Dir nur. Und wir brauchen Dich doch noch lange, die Kleinen &, wenn ich wiederkomme, ich auch. Also, lb. Mutti, ich bin am Tode des Herrn Naubitz schuld, ja, ich bin schuldig. Aber deshalb noch kein Verbrecher. Mutti, man behandelt mich auch nicht im geringsten so, ganz im Gegenteil. Aber ich bitte Dich, frag nicht warum & wieso, ich schreib es Dir ein andermal, später. Du mußt aber, verzeih, daß Dir Dein Sohn solches sagt, vernünftig sein & die Gedanken ruhen lassen. Immer nur lieb an mich denken, dann wird's leichter. Und ich weiß, Du wirst mich nicht verachten, ich bleibe Dein lieber

Junge. Das war Schicksal, Mutti, & dem kann man nicht entgehen. Ich bete fleißig, & ihr tut es auch für mich, & so vergeht die böse Zeit, die ich nicht bei Euch sein kann, viel schneller. Denn es wird schon ein Weilchen dauern. Aber Dein »Stropp« ist ja bei Euch, immer, nur daß Ihr ihn nicht seht. Also, meine geliebte Mutter, Du weißt jetzt die Hauptsache, & da ich etwas »Unrechtes« getan habe, muß ich dafür büßen, aber beruhige Dich, so schlimm wird's nicht werden. Sei stark, ich bin's auch.

So, & nun bedank ich mich noch für Deine lieben Briefe, am 27ten habe ich vier auf einmal bekommen, den letzten vom 25.IV., am 6.V. Schreib mir nur so oft Du kannst. Du glaubst ja nicht, wie gut das tut, einen lb. Gruß von Dir in der Hand zu haben. Aber frag nicht mehr wegen dieser »Sache«: Nein? Schreib von Euch, nur von Euch. Nun, meine lieben Kleinen sollen auch nicht vergessen sein. Vor allem das Geburtstagskind. Mein Trudchen, ich gratuliere Dir zum Geburtstag und wünsch Dir alles, alles Gute. Es freut mich, daß Ihr wieder ein Kätzchen habt, passt nur schön auf, damit es nicht wieder verschwindet. Renate hat auch am 18. Geburtstag, wenn ich nicht nochmal schreiben sollte, dann gratulierst Du bitte auch in meinem Namen, Mutti, gelt? Ich muß ehrlich sein, ich freue mich aufs nächste Paket, lb. Mutti: Ach, ich bin Dir ja so dankbar, & ich mach das alles wieder gut, alles, auch dies, wovon Du heute erfuhrst. Wenn dies auch nicht so geht, wie ich gerne möchte. So, nun bitt ich Dich nochmal, denk nicht soviel, sonst hab ich hier keine Ruh. Aus jedem Wort, das Du niederschreibst, sprechen Deine Sorgen um mich, aber das muß anders werden. Man ist hier gut zu mir, bestimmt, & auch ich versuche, immer recht lieb & nett zu sein, wie Du's von mir verlangst. –

Also, meine Lieben, seid für heute ganz herzlich lieb gegrüßt von Eurem Berno

Gruß an Meinert, aber schweigen wir über dies, Mutti, ja bitte, das braucht niemand zu wissen, auch die Kinder nicht. Bitte!!!

»Nach dem Gutachten des Psychiaters handelt es sich bei Henjes um einen Jugendlichen, dessen Gefühle sich an der Oberfläche befinden und nicht in die Tiefe gehen. Er sei kokett wie ein Mädchen und achte sehr auf sein Äußeres. Dieser Eindruck wurde auch durch sein Verhalten vor Gericht weitgehend bestätigt, wenn auch die Tat und die Gerichtsverhandlung ihn beeindruckten. Eine Geistesstörung oder eine Geistesschwäche konnte der sachverständige Psychiater nicht feststellen, bejahte jedoch trotz genügender Intelligenz seine Unreife. Auch sei er oberflächlich, spielerisch, egozentrisch und leichtsinnig. Das fand das Gericht im Auftreten ohne Engagement und dem nachfolgenden ›dezenten Einsammeln‹ bestätigt. Der vom Psychiater behaupteten Gefühlskälte widerspricht der rege Briefwechsel zwischen ihm und seinen Angehörigen. Er scheint sich gern als Beschützer zu fühlen. Wahrscheinlich hat es in den vergangenen Jahren an einem festen Halt und einer sachgemäßen Erziehung gefehlt. Henjes ist moralisch nicht verloren. Er wird, unterstützt von geeigneten Erziehungsmaßnahmen, sich in ein geordnetes Leben zurückfinden, zumal mit zunehmendem Alter eine gewisse sittliche Reife zu erwarten ist.

Henjes, der als 16-Jähriger ein Liebesverhältnis mit einer Kollegin vom Ballett unterhielt, wobei es auch zum Verkehr zwischen ihnen kam, hatte zwar nicht die Energie, den sexuellen Anforderungen Widerstand entgegenzusetzen, es ist jedoch durchaus glaubwürdig, daß er nach der Päderastie von einem heftigen Ekel- und Haßgefühl erfaßt wurde. Dies ist besonders in den Morgenstunden des 02.03.1950 bei Henjes vorhanden gewesen und hat, ohne daß ihm schon vorher einmal ein derartiger Gedanke gekommen wäre, zur Tötung des Roiko Naubitz geführt.

Die Tat ist vorsätzlich geschehen. Er ist jedoch kein Mörder, da er weder aus Mordlust noch aus Befriedigung des Geschlechtstriebs, aus Habgier oder sonst aus niedrigen Beweggründen tötete, vielmehr wußte er sich in seiner jugendlichen Unreife keine andere Möglichkeit, in Zukunft den sexuellen Ausschweifungen des Roiko Naubitz zu entgehen, als diese Tat.

Trotzdem wurde auch das Vorliegen des § 21 StGB, der mildere Fall, verneint, da Henjes nicht ohne eigene Schuld gehandelt hatte und er weder durch eine Mißhandlung oder schwere Beleidigung auf der Stelle zur Tat hingerissen wurde, da er sich vor der Begehung der Tat nach seinem eigenen Geständnis drei- bis viermal von Roiko Naubitz geschlechtlich gebrauchen ließ.

Der Angeklagte, der nach dem persönlichen Eindruck, den er in der Hauptverhandlung gemacht hat, und nach Sachverständigen-Gutachten bei Begehung der Tat die nach § 3 RJGG erforderliche Einsicht und Willensfähigkeit besessen hat, war daher für schuldig zu befinden, vorsätzlich einen Menschen getötet, die Tötung aber nicht mit Überlegung ausgeführt zu haben, Verbrechen nach § 212 StGB, verbunden mit § 3 RJGG, und demgemäß zu bestrafen.

Urteil im Namen des Volkes!

Der am 27.02.1933 in Gelsenkirchen geborene jugendliche Angeklagte Berno Henjes wird wegen Totschlags zu 5 – fünf – Jahren Jugendgefängnis kostenpflichtig verurteilt.«

Junge Frau in Deutsch-Wildwest

Ende einer Ehe, Schlema 1954

Ach, könnt die Halde mir heut klagen,
was sie erlebte und gesehn,
in jenen wilden Bergwerkstagen,
was allhier 'rum ist geschehn.
HANS NEUGEBAUER: »DIE HALDE«

»Es muß etwa Ende August 1954 gewesen sein, als plötzlich ohne Anmeldung mein Bruder Helmut Bongarz mit seinem Motorrad bei uns erschien und uns erstmalig Mitteilung machte, daß seine Ehefrau zu einer männlichen Person in Beziehungen getreten sei. Es soll sich dabei um einen gewissen Gerhard Olbricht, welcher im Lauta-Werk Senftenberg beschäftigt war, gehandelt haben. Olbricht soll Kenntnis gehabt haben, daß die Bongarz verheiratet ist. Zwischen ihm und meinem Bruder hat danach eine Aussprache stattgefunden, und aufgrund dessen vertrat er uns gegenüber die Meinung, daß Olbricht kein weiteres Interesse an seiner Ehefrau habe. Gleichzeitig fand auch eine Auseinandersetzung zwischen den Eheleuten Bongarz statt. Nachdem wurde die Angelegenheit als erledigt betrachtet. Von einer Scheidung wurde nicht gesprochen. Die Bongarz, Susa, machte ihrem Ehemann gewisse Vorhaltungen betreffs der außerehelichen Beziehungen, weil sich dieser zu wenig um sie gekümmert habe. Seinerseits wurde dies abgestritten, und beide Eheleute wollten sich Mühe geben, die Ehe entsprechend fortzuführen. In der Zwischenzeit nahm mein Bruder im Schacht meines Ehemannes, Eberhard Gärtner, im Schacht 64, die Arbeit als Schienenleger an. Der Arbeitswechsel von Hohenbocka (Oberspreewald) nach Schneeberg geschah aufgrund des ehelichen Vorfalls. Zu erwähnen ist, daß nach Kenntnis der außerehelichen Beziehung seiner Frau Helmut sofort zu uns kam, hier sich etwa fünf Tage aufhielt und anschließend nach Hause zurückfuhr. Zwei Tage später erschien er wieder bei uns, gemeinsam mit seiner Ehefrau, und nahm dann hier seine Arbeit auf.«

Neues Glück am neuen Ort erhofften sich die jungen Leute. So zog das Ehepaar nach der überstandenen Krise zusammen hin ins Bergland hinter Chemnitz, in den Bezirk der vielen Möglichkeiten. Der Erzgebirgskreis erschien der Arbeiter-und-Bauern-Republik als »das gelobte Land« und galt in jener Zeit als Region mit überdurchschnittlicher guter Versorgung, überdurchschnittlichem guten Verdienst und materiellen Aufstiegschancen. Helmut hatte schnell gutbezahlte Arbeit unter Tage gefunden. Susa war auf der Suche nach einer sie ausfüllenden Tätigkeit. Der Erfolg schien sicher und verhieß ihr einen guten Job mit guter Bezahlung, eine gesicherte Zukunft. Helmut und Susa waren gewiss, hier würde sich ihr privates Glück von ganz allein einstellen.

»Mit der Zündung der ersten Atombomben über japanischen Städten schienen die USA im August 1945 den Wettlauf um die modernste und zerstörerischste Waffe gewonnen zu haben. Nach der Logik des Wettrüstens im Kalten Krieg mußte die Sowjetunion diesen Vorsprung in kürzester Zeit aufholen. Voraussetzung dafür war der rücksichtslose Abbau der Uranerzvorkommen in Sachsen. Zwar verfügte sie in Mittelasien über eigene Uranerzvorräte, aber die Abbauverfahren waren veraltet, unproduktiv und gefährlich, und es war leichter, das Uran im Erzgebirge fördern zu lassen.

Nachdem die entsprechenden Gruben und Betriebe in der Sowjetischen Besatzungszone beschlagnahmt worden waren, wurde im Mai 1947 die Wismut AG gegründet, die sich bis 1953 vollständig in sowjetischer Hand befand. Sie war das größte Reparationsunternehmen des 20. Jahrhunderts, und das Interessengebiet der Wismut AG im Land Sachsen war eine Sonderzone. Allein 1950 deckte die Wismut fast 60 Prozent des sowjetischen Uranbedarfs. Da die Förderung von eminenter Wichtigkeit für die Rüstung war, gehörte die Wismut zum Komplex der sowjetischen Atomindustrie, und es galten besondere Bedingungen: Die Objekte wurden vom Militär bewacht, es gab ein auf militärischen Prinzipien beruhendes Betriebssystem, eigene Rechtsvorschriften, härteste Arbeitsbedingungen, nahezu autarke Strukturen – die Wismut galt so sehr als Staat im Staate, daß die Personalausweise der Beschäftigten dauerhaft eingezogen wurden und sie statt dessen Schachtausweise erhielten. Andererseits waren der Lohn und die Prämien weit höher, die Lebensmittelversorgung und die Sozialleistungen sehr viel besser als in anderen Bereichen.

Die Aussicht auf das schnelle Geld trug ebenso zur Anziehungskraft bei wie das Flair des Abenteuerlichen, Wilden, Zügellosen, das dem Leben in der Wismut mit ihren Massenquartieren, der Männerromantik, dem Deputatschnaps anhaftete, so daß die Gegend als ›Deutsch-Wildwest‹ oder ›Klein-Texas‹ verschrien war. Entwurzelte, Zwangsverpflichtete, Kriegsheimkehrer, Glücksritter strömten hierher, 1950 hatte die Wismut 200.000 Beschäftigte.«

Hier also hofften Helmut und Susa Bongarz, neues Glück zu finden, das sie beieinanderhalten würde. Hier gab ihnen Helmuts Schwester gern Quartier. Schwager Eberhard vermittelte die gutbezahlte Arbeit im Schacht. Sicher waren sich alle: Liebe ist. Zukunft ist.

Als ausgelernte Schneiderin war für Susa eine freie Arbeitsstelle zu finden. Die Kreisstadt Aue war nicht weit weg. Die Jugendorganisation des sozialistischen Staates besaß dort eigene Tätigkeitsobjekte, wie das FDJ-HO-Kaufhaus. Susa Bongarz sprach bei der Kaderleitung vor. Den angeforderten Bewerbungsunterlagen legte sie ein Passfoto bei. Es zeigte eine junge Frau, die auffallend direkt in die Kamera blickte. Ihr schmales Gesicht mit spitzer Nase umrahmte krauses Haar, das bis auf ihre Schultern fiel. Der handgeschriebene Lebenslauf zeigte ungelenke Schrift. Die Schneiderei im Warenhaus gab der jungen Frau sofort einen Arbeitsvertrag. Susa Bongarz unterschrieb ihn. Die Arbeitsaufnahme war festgesetzt für den 15. September 1954. Es blieben ein paar Tage noch Frist, um sich in der neuen Heimat zurechtzufinden. Noch keine Woche wohnte Susa Bongarz im Wismut-Revier, im sozialistischen Wildwest.

»Mein Lebenslauf

Am 19.07.1934 wurde ich als Tochter des Malermeisters Friedrich Woyk und dessen Ehefrau Amalie, geb. Leistner, in Hohenbocka geboren.

Ich habe noch einen Bruder und eine Schwester.

Mit sieben Jahren trat ich in die Volksschule Hohenbocka ein und wurde am 27.07.1949 aus der Grundschule entlassen.

Im April 1950 begann ich die Lehre bei Schneidermeister Walter Pawlick, Hosena, als Herrenschneiderin und beendete die Lehre mit der Abschlußprüfung im Februar 1953 mit der Gesamtnote ›gut‹.

Als Geselle war ich bis 29.08.1953 beschäftigt.

Am 03.10.1953 trat ich in den Ehestand und war bis zum heutigen Tage als Hausfrau tätig. Ich habe mich in dieser Zeit in meinem Beruf weiter ausgebildet.

Mein Wunsch ist es, daß ich meinen Beruf als Herren- und Damenschneiderin weiter ausüben kann.

Oberschlema, den 01.09.1954, Susa Bongarz«

Der Berg atmet. Kalte Luft stürzt in den Förderschacht. Unten die ein- und ausziehenden Wetter, der Organismus von Hauptstrecken und Querschlägen und Blindschächten, der funktioniert. Aber ein Atem, als ob einer eiserne Lungen gebaut hätte, ein ganzes Gebirge zu lüften. Und oben die Halden, die Fördertürme, Natur wie mit dem Beil behauen. Ganze Wälder, die hinabgeschickt werden. Ganze Felsmassive, die da heraufkommen. Rasselnd fahren die Fördergestelle nieder. Drüben, am B-Schacht, fahren andere aus mit einem Sog der Pulvergase, der ausziehenden Wetter. Dazwischen die Metamorphose des Gesteins, der Gebirgsdruck, die Technik der Ingenieure. Dazwischen der Kampf, die Erschöpfung, die Dunkelheit. Die Produktionsziffern, und die Flüche dagegen. Die Planzahlen, und die Anstrengungen dafür. Und aus allem das Erz.

WERNER BRÄUNIG: RUMMELPLATZ

Trotz der Bemühungen ums Eheglück - am Donnerstag, dem 16. September 1954, geht Susa 11 Uhr aus dem Haus und kehrt nicht heim zur Schwägerin und zu den Gatten, sie bleibt verschwunden. Helmuts Schwester, Ilse Gärtner, sorgt sich und möchte Susa als Vermisstenfall der Polizei in Schneeberg melden. Doch der Diensthabende im Revier lehnt ab: Keine 24 Stunden ist Susa erst ausgeblieben, wer weiß, wo das Mädel sich rumtreibt, Ilse Gärtner sagt ja selbst, dass die Gesuchte neuen Kontakten und Feiern nicht abgeneigt sei, und in Aue hat sie doch eine Freundin. Die weiß von nichts, sagt Ilse Gärtner – trotzdem, es ist einfach zu früh für polizeiliche Maßnahmen und den daraus folgenden Aufwand.

Man leitet also keine Suche nach Susa Bongarz ein. Doch Tage später gibt es Grund, Ilse Gärtner nach Susa und den Stunden vor ihrem Verschwinden zu befragen:

»Zur Person:
Name: Gärtner, geb. Bongarz, Ilse Hertha

Geb.: 16.12.1924 in Hohenbocka,
Krs. Senftenberg
Beruf: Hausfrau
Wohnhaft: Oberschlema,
Adolf-Hennecke-Siedlung 55.

›Seit vier Jahren bin ich mit meinem Ehemann in Schneeberg wohnhaft, und seit etwa Ende August 1954 ist mein Bruder, Helmut Bongarz, mit seiner Ehefrau aufgrund eines familiären Vorfalles mit in unserer Wohnung aufhältlich. Bemerken möchte ich hierzu, daß ich dessen Ehefrau bereits seit ihrer Kindheit kenne und sie deswegen als eine sehr hauswirtschaftliche Person sowie sauber und ordentlich bezeichnen kann. Ihren wirtschaftlichen Verpflichtungen kam sie, soweit mir bekannt ist, jederzeit nach. Dies bezieht sich vorwiegend auf die zurückliegende Zeit, jedoch nicht mehr auf die Zeitspanne, wo sie mit bei uns wohnhaft ist. Meiner Meinung nach hat sie sich nicht mehr um die persönlichen Ansprüche ihres Ehemannes auf allen angehenden Gebieten gekümmert. Nach meinen Feststellungen hat sie sich in diesen Beziehungen wesentlich gegenüber früher verschlechtert.

Einfügen möchte ich, daß die Mutter meiner Schwägerin, Amalie Woyk, jetzt geschieden, neuer Familienname nicht bekannt, wohnhaft in Hohenbocka, Hoyerswerdaer Straße, Nummer nicht erinnerlich, gegenüber ihrer Tochter jederzeit, … ich berichtige, bei der Mutter der Bongarz, Susa, handelt es sich um die Amalie Woyk, Hohenbocka, Bahnhofstraße 23, welche jederzeit ihren Erziehungsverpflichtungen gegenüber der Tochter nachkam. Der Vater der Bongarz ist im letzten Krieg als vermißt gemeldet worden und bisher nicht zurückgekehrt. Eine Todeserklärung liegt nicht vor. Der Vater soll zeitweilig in Bezug auf Alkoholgenuß ein mehr oder weniger ausschweifendes Leben geführt haben. Ob er außereheliche Verbindungen zu anderen weiblichen Personen geführt hat, weiß ich nicht.‹«

Vielleicht hat Susa ihren Ehemann einfach verlassen, meint die Polizei und fragt Ilse Gärtner nach ihren Eindrücken des Zusammenlebens zwischen ihrem Bruder und der Susa. »›In den Tagen, wo wir jetzt gemeinsam beieinander wohnten, hatte ich das Gefühl, daß die Susa ihren Mann nicht mehr liebhat. In den letzten Tagen hatte sie sich, uns unverständlicherweise, die Haare auf Herrenschnitt schneiden lassen und zog sich am Mittwoch, dem 15.09.1954, als Mann an. Ihrem Ehemann gegenüber teilte sie mit, daß sie allein ausgehen will. Wie sie uns sagte, habe sie an diesem Tage die Gaststätte ›Ratskeller‹ in Aue aufgesucht.‹«

Es liegt was in der Luft
Ein ganz besondrer Duft
Der so verlockend ruft
Das ist kein Alltag so trübe und grau
Das ist ein Tag wie der Frühling so blau
Das ist ein Tag wo ein jeder gleich spürt
Daß noch was passiert

Mona Baptiste & Bully Buhlan: »Es liegt was in der Luft«– 28-mal Top Ten 1954

»›Bei Rückkunft war meinerseits bei ihr kein spürbarer Alkoholgenuß vorhanden gewesen. Auch im allgemeinen hatte sie dazu keine Neigung, sich diesem hinzugeben. Bis zum Tage ihres Abgangs habe ich zwischen dem Ehepaar Bongarz keinerlei ernsthafte Differenzen feststellen können. Am 16.09.1954 hatte mein Bruder Bongarz, Helmut, Frühschicht von 6 bis 14 Uhr und kam von seiner Arbeit etwa gegen 15 Uhr zurück. Etwas Auffallendes an seinem Charakter oder Wesen war nicht spürbar. Er bewegte sich so wie er immer war. Besondere Erregsamkeiten oder andere Auffälligkeiten waren nicht vorhanden gewesen.

Am gleichen Tage stand die Susa etwa gegen 9 Uhr auf. Meinen Ehemann und ihrigen habe ich allein am Morgen versorgt gehabt. Sie hatte die Absicht, sich eine Arbeitsstelle zu suchen, und hatte, wie sie mir Mitteilung machte, bereits schon einige Male bei der Personalstelle der sowjetischen Schneiderei in Aue im HO-Kaufhaus vorgesprochen. Die Arbeitsstelle als Herrenschneiderin war ihr bereits zugesichert worden. Weil sie sich nach dort begeben wollte, um die noch nötigen Formalitäten zu erledigen, brachte sie zum Ausdruck, ob sie mir etwas aus Aue mitbringen soll. Ich gab ihr zu verstehen, daß ich sechs weiße Knöpfe sowie 1 Meter Steiflein benötige. Die Zusicherung für die Besorgung wurde gegeben. Als Bargeldbetrag händigte ich ihr 20,- DM aus, welche ich mir zuvor von meinem Bruder ausgeliehen hatte. Den Gesamtbetrag, den die Susa beim Fortgang in Besitz hatte, habe ich nicht gesehen. Etwa gegen 10.15 Uhr verließ sie unsere Wohnung, und von diesem Zeitpunkt an bis heute habe ich sie nicht wieder gesehen beziehungsweise gesprochen. Auch von anderen Personen erhielten wir keine Mitteilung über ihren eventuellen Aufenthaltsort.

Mit Bestimmtheit weiß ich anzugeben, daß sie der russischen Sprache nicht mächtig war, und soweit ich beurteilen kann, hat sie zu Angehörigen der Besatzungsmacht keine Verbindungen unterhalten. Es sei denn, sie hätte dies hinter unserem Rücken vorgenommen. Bei einer Durchsicht fanden wir in der Handtasche der Susa einen Zettel mit der Anschrift ihrer Bekannten. Es handelt sich hierbei um eine gewisse Pöhlmann, wohnhaft in Aue, Gellertstraße 9. Die Pöhlmann hat sie nach unseren Informationen in der weiter zurückliegenden Zeit in Lübbenau kennengelernt. Während der Abwesenheit meines Bruders in Hohenbocka soll die Pöhlmann mit einem mir nicht bekannten Freund mit in der Wohnung der Susa aufhältlich gewesen sein. Es wurde auch getrunken und des öfteren Lokale besucht.‹«

Es hängt ein Pferdehalfter an der Wand
Und der Sattel liegt gleich nebenan
Fragt ihr mich, warum ich traurig bin
Schau ich nur zum Pferdehalfter hin

DIE KILIMA HAWAIIANS: »ES HÄNGT EIN PFERDEHALFTER AN DER WAND« – 8-MAL TOP TEN 1954

»›Der Selbstmordversuch, welchen die Susa einmal begangen haben soll, kann von mir zeitlich nicht angegeben werden. Darüber kann mein Bruder beste Auskunft erteilen.

Einzufügen wäre, daß seit ihrem Fortgang die Susa folgende Sachen und Bekleidungsstücke bei sich hatte: 1 schwarz-weißer Blazer, es kann auch eine bräunliche Schattierung gewesen sein, in Form der üblichen Pepita-Jacketts; 1 weiß-rosa Pullover, kurzärmlig, ohne Muster; dunkelbrauner Rock, vermutlich mit Reißverschluß; 1 Paar braune neuwertige Halbschuhe; 1 Kunstlederhandtasche braun-gelb gezeichnet; soweit erinnerlich war sie des weiteren im Besitz ihres DPA [Deutschen Personalausweises]. Über die Beschaffenheit der Unterwäsche kann ich keine Auskunft geben.‹

Abschließend möchte«, Schwägerin Ilse Gärtner, »noch anführen, ›daß die Susa sehr abenteuerlich veranlagt war und dadurch auch leicht von anderen Personen zu irgendetwas beeinflußt werden konnte. Sie hatte die Eigenschaft, sich flüchtigen Bekanntschaften schnell anzuschließen, und ich würde durchaus die Möglichkeit nicht ausschließen, daß sie mit irgendeiner Person oder einem Personenkreis unvorbereitet eine Fahrt mitmachen würde.‹«

Auch Susas Ehemann bittet man um Auskunft:

»Zur Person:
Name: Bongarz, Helmut Wilhelm

Geb.:	21.01.1926 in Hohenbocka, Krs. Senftenberg
Beruf:	Industriekaufmann
Wohnhaft:	Oberschlema, Adolf-Hennecke-Siedlung 55
Bergbauausweis-Nr.:	58230.

Zur Sache:

Meine jetzige Ehefrau kenne ich schon von Kindheit an, jedoch kamen wir erst nach meiner Rückkunft von Westdeutschland 1949 in eine enge freundschaftliche und intime Beziehung. 1952 haben wir uns verlobt und anschließend am 03.10.1953 in Hohenbocka verheiratet. Damals war meinerseits zu ihr noch nicht die richtige persönliche Einstellung vorhanden gewesen, sondern zu einem großen Teil war bei mir Mitleid vorherrschend. Meine Ehefrau hatte zu Hause bei ihrer Mutter nicht das Leben, wie sie sich es vorgestellt hatte. Sehr oft waren Kleinigkeiten vorhanden, die sie nicht richtig gemacht hatte und wofür sie mehr als notwendig bestraft wurde.

Bis zu dem Zeitpunkt, wo meine Frau außereheliche Beziehungen zu einem anderen Mann hatte, kann ich mein Eheleben als geordnet bezeichnen. Irgendwelche besonderen Nachteiligkeiten waren in unserem Zusammenleben nicht vorhanden. Es muß etwa Mitte August 1954 gewesen sein, als ich im Wesen meiner Ehefrau bemerken konnte, daß irgendetwas vorlag und daß sie nicht zufrieden war. Ich drang deswegen auf sie ein und sprach dabei auch von der Möglichkeit einer Scheidung. Mit dieser Regelung erklärte sie sich jedoch nicht einverstanden und gab im weiteren Verlauf zu, daß sie einige Zeit zuvor einen gewissen Olbricht, Gerhard, welcher in der Brikettfabrik ›John Schehr‹ zur Montage weilte, kennengelernt hat und sich mit diesem auch intim eingelassen hat. Als ich mich einmal mit Olbricht aussprach, gab dieser zu, gewußt zu haben, daß meine Ehefrau verheiratet ist. Wir haben uns in Ruhe über die Angelegenheit ausgesprochen, und es wurden von keiner Seite Forderungen gestellt. Nachdem ich diese Feststellung getroffen hatte, daß meine Ehefrau mit einem anderen verkehrt, begab ich mich mit meinem Motorrad nach Schneeberg und traf dort etwa am 28.08.1954 ein. In Schneeberg nahm ich vorübergehend Wohnsitz bei meiner Schwester Ilse Gärtner, um zunächst einmal den Dingen ihren Lauf zu lassen sowie abzuwarten, ob meine Ehefrau freiwillig zurückkehrt. Ich hatte hier noch nicht die Absicht, eine Ehescheidung einzuleiten oder einzureichen. In der gleichen Zeitspanne hatte ich meinen Jahresurlaub und den Vorsatz, nach meinem Urlaub in Schneeberg eine Arbeit aufzunehmen. Als ich in Schneeberg weilte, hat sich, wie ich später erfahren konnte, meine Frau nach Lübbenau begeben und sich bei einem mir nicht bekannten Korbmacher Johannsen, Hauptstraße, Lübbenau, aufgehalten. Bis etwa zum 30.08.1954 fand zwischen mir und meiner Ehefrau keinerlei Briefwechsel statt. Um eine Klarheit in unserer Ehe zu schaffen, begab ich mich mit meinem Kraftrad nach Lübbenau, wo eine Unterredung zwischen uns stattfand. Hier trafen wir die Vereinbarung, es wieder miteinander zu versuchen. Zu bemerken ist, daß, bis auf den einen Vorfall, zwischen mir und meiner Ehefrau es niemals zu ernsthaften Auseinandersetzungen oder Tätlichkeiten gekommen ist. Nachdem wir uns geeinigt hatten, die Ehe gemeinsam fortzusetzen, begab ich mich mit ihr am 01.09.1954 nach Schneeberg zurück, wo wir erneut Wohnsitz bei meiner Schwester nahmen. Am 07.09.1954 nahm ich eine Arbeitsstelle im Schacht 64 als Schienenleger und Schweißer auf.

In sexueller Beziehung kann ich nach meiner Beurteilung meine Ehefrau als normal bezeichnen und hatte nicht den Eindruck, daß das von mir Entgegengebrachte für ihre Bedürfnisse unzureichend ist. Zum anderen Teil war sie sehr lebenslustig und besonders in den letzten Wochen ihrer Lebensführung zu leicht. Sie neigte außerdem auch dem

Genuß von Alkohol zu, was früher nicht der Fall gewesen war.

Von meiner Ehefrau habe ich bisher nicht erfahren, ob sie ein oder mehrmals zur Erreichung der Stadt Aue Kraftfahrzeuge zwecks Mitnahme angehalten hat. Ich selbst kann diese Möglichkeit weder ein- noch ausschließen. Als einziger mir bekannter Bekanntenkreis beziehungsweise derer meiner Ehefrau kann ich eine gewisse Frau Emmy Pöhlmann, wohnhaft: Aue, Gellertstraße 9, bezeichnen. Über die intimeren Beziehungen meiner Ehefrau zur Pöhlmann kann ich keine Einzelheiten angeben.«

Glaube mir, glaube mir, meine ganze Liebe gab ich Dir
Denn mit Dir nur wollt ich glücklich sein
Mit Dir nur ganz allein
Sage mir, sage mir, warum ging die Liebe fort von Dir?
Warum wendet sich Dein Herz vor mir
Sag, was ich kann dafür

WOLFGANG SAUER: »GLAUBE MIR« – 8-MAL TOP TEN 1954

»Zu erwähnen sei noch, daß meine Ehefrau in der näheren und weiteren Umgebung von Schneeberg und Aue nicht bekannt ist, und sie zeigte im bisherigen Verlauf kein Interesse an alleinigen größeren Spaziergängen. Soweit ich Kenntnis habe, besuchte sie, wenn sie allein war, nur selten Lokale, die einzigen Gaststätten in Aue, welche sie kennen dürfte, waren der ›Ratskeller‹ und der ›Blaue Engel‹. Hierzu möchte ich noch bemerken, daß meine Ehefrau am 15.09.1954 sich plötzlich einen Herrenschnitt zulegte, Männerkleidung anzog und den Wunsch äußerte, an diesem Tage allein auszugehen. Sie wollte die Beobachtung machen, ob sie von bekannten Personen in dieser Aufmachung erkannt werden würde. Meine Ehefrau war an diesem Tage von 20 bis 22 Uhr unterwegs. Bei ihrer Rückkunft fragte sie, ob der Schwager schon anwesend sei, was nicht der Fall war, weswegen sie in der unmittelbaren Umgebung auf einer Wiese warten wollte. Bei ihrer erneuten Rückkunft gegen 23 Uhr brachte sie gesprächsweise zum Ausdruck, daß sie gewartet hat, beziehungsweise vertrat ich diese Annahme, weil sie sowie meine Schwester und mein Schwager gemeinsam die Wohnung betraten.

Bei dem Weggang meiner Frau muß sie meiner Meinung nach am 16.09.1954 einen Bargeldbetrag in Höhe von 50,– bis 70,– DM bei sich gehabt haben. Ein Auftrag, daß sie alkoholische Getränke mit einkaufen sollte, war nicht gegeben worden.

Ich habe keine weiteren Angaben zu machen, habe die Wahrheit gesagt, was ich durch meine Unterschrift bestätige.

Geschlossen, selbst gelesen, genehmigt, unterschrieben
Demmering (P.-Komm.) *Helmut Bongarz*«

Horch, wie die Tannen rauschen und das Strauchwerk so lind und heimlich flüstert! Da unten im Grund hör ich auch den Bach vom Fels springen; er kennt noch immer das alte Lied, das er mir so oft vorgesungen hat. Der Specht klopft an die hohen Stämme, um sich sein Frühstück zu suchen, und der Fink schlägt in den Wipfeln. Da drüben vom Schlag her ertönt die Axt der Abholzer, und in der Tiefe knarrt der Wagen, der Moos und Streu nach Haus bringt. Wie freundlich fließt und klettert das Licht um die Zweige, und wie wohlig dringt der Atem in die Brust!

Karl May: »Der Geldmarder«

»Seit etwa zwanzig Jahren arbeite ich bei der Forstverwaltung Schwarzenberg als Waldarbeiterin. Unser Dienst ist hier so eingerichtet, daß wir abwechselnd vier Wochen im Lehrlingsinternat in Conradswiese und vier Wochen im Wald arbeiten. Ich arbeite, je nach Bedarf, in verschiedenen Abteilungen beziehungsweise Revieren innerhalb des Gebiets der Forstverwaltung Schwarzenberg. In der Zeit vom 25.08. bis 25.09.1954 bin ich mit Arbeiten im Walde beschäftigt. Mir ist als ständige Mitarbeiterin Frau Martha Barneike zugeteilt, und seit drei Wochen arbeiten wir im Revier 25. Wir graben dort Löcher zwecks Neuaufforstung. Meine Arbeitszeit beginnt täglich 7 Uhr und endet 16 Uhr«, sagt in der Vernehmung:

»Name:	Kurz, geb. Hansen
Vorname:	Hulda Louise
Geb.:	am 16.10.1904 in Lauter
Beruf:	Waldarbeiterin
Wohnhaft:	Lauter, Bockauer Str. 38
Zeit:	18.09.1954: 11.30–12.15 Uhr
Vernehmungsort:	Lauter.

Heute, am 18.09.1954, verließ ich gegen 6.30 Uhr meine Wohnung, um zu meiner Arbeitsstelle im Revier 25 zu gehen. Wie gewöhnlich hat mich Frau Barneike von der Wohnung abgeholt. An diesem Morgen kam auch, wie es hin und wieder der Fall ist, ein Fahrzeug (Langholzfahrzeug) an dem von mir bewohnten Grundstück vorüber, und mit diesem sind Frau Barneike und ich gemeinsam bis zur Jägerhauser Straße gefahren, um in Nähe der Zufahrt Conradswiese auszusteigen. Von dort aus gelangten wir dann in etwa zehn Minuten Fußmarsch zum Revier 25. Wir sind über den sogenannten Milchweg in Richtung Bockau an das Revier 25 herangelaufen. Circa hundert Meter vor der Reviergrenze 7 führt ein vom Milchweg abzweigender Waldweg direkt zu unserer Arbeitsstelle. Wir hatten den Waldweg gerade erst betreten, als wir in kurzer Entfernung von uns eine Person am linken Rande des Weges im Gras liegen sahen. Frau Barneike hatte diese Person zuerst gesehen, als sie sagte: ›Ach, dort liegt doch der Mann.‹

Hierzu möchte ich folgendes ausführen:

Gestern, am 17.09.1954, gegen 11 Uhr, begegnete uns an unserer Arbeitsstelle der Lauterer Einwohner Ernst Kutschera mit seinem Sohn Diethard. Beiden sind wir schon öfter begegnet, wenn sie in die Pilze gingen. Kutschera und sein Sohn gingen von unserer Arbeitsstelle aus in Richtung Milchweg weiter. Sie benutzten dabei den Waldweg, auf dem wir heute gekommen sind.

Es können nur wenige Minuten vergangen sein, als beide wieder aus der Richtung, aus der sie gekommen waren, zurückkehrten, und Kutschera sagte dem Sinne nach, daß ›dort oben‹ (dabei wies er in die Richtung Milchweg) ein Mann zwischen den Fichten liege, der wahrscheinlich betrunken sei. Er sagte, daß er sich diesen Mann nicht näher angesehen habe.

Trotzdem wir uns gegen Mittag nach diesem Mann umgesehen hatten, um ihm unter Umständen Hilfe zu leisten, fanden wir ihn nicht und gaben unsere Suche auf. Wir arbeiteten bis abends, ohne noch besondere Wahrnehmungen zu machen. Von unserer Arbeitsstelle sind wir auf anderem Weg als dem gekommenen nach Hause gegangen.

Mir war es sofort klar, daß es sich bei diesem Mann nur um den handeln konnte, den Kutschera am Vortage gesehen haben wollte. Nachdem Frau Barneike diese Äußerung getan hatte und auf diese Person zugehen wollte, riet ich ihr ab, weil ich mich nicht richtig herangetraute. Wir entschlossen uns nunmehr, sofort zum Lehrlingsinternat nach Conradswiese zu gehen und dort unsere Wahrnehmung zu melden. Einige Lehrlinge und der Lehrausbilder Leupold sind dann mit uns zum Fundort der Person gegangen. Erst von den Lehrlingen wurde gesehen, daß es sich hierbei nicht um einen Mann, sondern um eine Frau handelte und daß diese noch lebte.

Unsere Meldung im Lehrlingsinternat könnte etwa 7.15 Uhr erfolgt sein. Wer die Volkspolizei verständigt hat, weiß ich nicht.

Wenn ich gefragt werde, ob ich am Donnerstag, 16.09., oder Freitag, 17.09.1954, an unserer Arbeitsstelle oder in deren näherer Umgebung oder auf dem Nachhauseweg innerhalb unseres Revieres irgendwelchen fremden Personen begegnet bin, so muß ich hierzu sagen, daß ich mich nicht besinnen kann, irgendeiner fremden Person begegnet zu sein, es ist jedoch möglich, daß Fremde unbemerkt von uns vorübergekommen sind.

Ich möchte noch ausführen, daß Frau Barneike und ich am Donnerstag, dem 16.09., den ganzen Tag über wenige Minuten von der Fundstelle entfernt gearbeitet haben. Irgendwelche verdächtigen oder außergewöhnlichen Geräusche habe ich am 16. oder 17.09.1954 an unserer Arbeitsstelle nicht wahrgenommen.«

Weitere Angaben zur Sache kann Hulda Kurz nicht machen. Martha Barneike und Eckehard Leupold bestätigen ihre Aussagen. Die Frau, die blutend im Walde lag, kennt von ihnen niemand. Die Wunden lassen nur einen Schluss zu: Es liegt eine Gewalttat vor. Das Überleben der aufgefundenen Frau ist fraglich.

Mein einziger Zeuge
Mein Wildbach bist du
Dein ewiges Rauschen
Gleicht dem Herzen ohne Ruh

Das Musikanten-Quartett: »Wo der Wildbach rauscht«– 20-mal Top Hundert 1954

»Durch den unterzeichneten Sachbearbeiter VP-Komm. Hausdörfer der Abtlg. K beim VPKA [Volkspolizeikreisamt] Aue wird von Amtswegen nachfolgende Anzeige erstattet:

Am Sonnabend, dem 18.09.1954, 8 Uhr, meldet der Op.-Stab, daß zwischen Waldhaus in Lauter und Jägerhaus eine Frau im Walde liegend mit schweren Verletzungen gefunden wurde. Es wurde weiter mitgeteilt, daß noch nicht festgestellt wurde, ob sie noch am Leben ist oder bereits verstorben ist. Mittels Dienstkrad begab sich der Unterzeichnete zusammen mit dem KT [Kriminaltechniker] zum Waldhaus, wo ein Angestellter der Forstverwaltung stand und auf das Eintreffen der Volkspolizei wartete. Der Tatort wurde mit dem Vorgenannten aufgesucht und dabei festgestellt, daß die gefundene junge Frau schwere Verletzungen am Kopf hat. Es besteht daher der Verdacht auf eine versuchte vorsätzliche Tötung.«

Die Fotos, die die Verletzte zeigen, sind schwer zu ertragen: Große Wunden scheinen die Kopfhaut gelöst zu haben. Schnitte im Gesicht. Die Augen zugeschwollen. Blut.

»Aus diesem Grunde wurde sofort der KT zum Arzt, Dr. med. Gareis, nach Lauter geschickt, um diesen sofort zu holen, da inzwischen noch festgestellt werden konnte, daß diese Frau noch am Leben ist. Gleichzeitig wurde der Leiter der Abteilung K beim VPKA Aue (Sa.) verständigt mit dem Ersuchen, da es sich um ein Verbrechen handelt, den Leiter der Abteilung K der BDVP [Bezirksdirektion der Volkspolizei] Karl-Marx-Stadt von dem Vorkommnis zu verständigen und um Entsendung der MUK [Morduntersuchungskommission] zu bitten. Nach der Verbandanlegung durch Dr. med. Gareis aus Lauter erfolgte die Überführung der Verletzten in das Stadtkrankenhaus Aue (Sa.). Bis zum Eintreffen der MUK vollzog sich die Tatortsicherung durch den Sachbearbeiter und den Leiter des Komm.-AK. Bei der Verletzten handelt es sich um die Susa Henriette Bongarz, geb. am 19.07.1934 in Hohenbocka/Kr. Hoyerswerda, wohnhaft in Schneeberg/Oberschlema, Adolf-Hennecke-Siedlung Nr. 55. Die Weiterbearbeitung des Vorgangs erfolgt durch die MUK der BDVP Karl-Marx-Stadt.«

Der Fall nimmt die Behördenwege:

»Am 18.09.1954 gegen 8 Uhr wurde gemeldet, daß in Lauter in der Nähe der Conradswiese eine unbekannte weibliche Person liegt. Die Ermittlungen ergaben bis jetzt, daß es sich um eine weibliche Person, circa 24 Jahre, handelt, welche eine Kopfplatzwunde von circa 10 Zentimeter aufweist. Selbige Person liegt vermutlich circa zwei Tage und gibt noch Lebenszeichen von sich. Um die Entsendung der Mordkommission wurde gebeten.«

Die im Walde liegende Person wird zum Fall »Susa Bongarz«, die Ermittlungen übernehmen die Genossen aus der Bezirkshauptstadt. Denn »der MUK der BDVP Karl-Marx-Stadt wurde von der Abteilung K des VPKA Aue, VP-Oberrat Kopprasch, fernmündlich mitgeteilt, daß in der Nähe des Waldhauses Konradswiese, Krs. Aue, in einem Waldgrundstück eine weibliche Person in bewußtlosem und schwerverletztem Zustand aufgefunden worden sei. Es bestehe Verbrechensverdacht. Der Tatort war gesichert worden.« Die Ermittler begeben sich mit Pkw zur Inaugenscheinnahme an die Stelle des Verbrechens.

Der »Fundortbefundsbericht« vermerkt: »Die MUK der BDVP Karl-Marx-Stadt traf am 18.09.1954, gegen 11 Uhr, am Fundort der weiblichen Person ein. Aufgrund der bereits durchgeführten Überführung der bewußtlosen Person war der Fundort vollkommen verändert, und es konnten deswegen keine genauen Schlüsse gezogen werden, ob die verschiedenartigen Bodenveränderungen aufgrund des Abtransports oder durch Kampfhandlungen hervorgerufen wurden. Auf eine genaue Beschreibung der vom VPKA Aue vorgefundenen weiblichen Person und deren Lage sowie Umgebung wird im Fundortbefundsbericht verzichtet, und es wird auf die angefertigten Lichtbilder sowie auf den KT-Bericht verwiesen. Vom VPKA Aue wurde der MUK der DPA der weiblichen Person übergeben, und es handelt sich hierbei um die

Name:	Bongarz, geb. Woyk, Susa Henriette
Geb.:	am 19.07.1934 in Hohenbocka, Krs. Hoyerswerda
Wohnhaft gewesen:	Hohenbocka, Bahnhofstr. 23

Aufhältig z. Zt.: Schneeberg/Oberschlema.
In unmittelbarer Nähe der verletzten Person wurde eine braune Damenhandtasche mit folgendem Inhalt gefunden:

- ▹ 1 rote Kunstledergeldtasche,
- ▹ 60,- DM Hartgeld,
- ▹ 1 Omnibusfahrschein Nr. 10023,
- ▹ 5 Haarkämmchen, 1 weißer und 1 roter Kamm,
- ▹ 1 Spiegel mit Umhüllung,
- ▹ 1 Lippenstift,
- ▹ 1 Kofferschlüssel.

Des weiteren lag auf dem Erdreich eine Halstuchspange bei der Tasche. Die nähere Umgebung war teilweise mit Blut behaftet, unter anderem ein mittelgroßer Stein und ein Stück Astwerk. Die angeführten Sachen und Gegenstände wurden beigezogen.

Bei der Abgehung der näheren und weiteren Umgebung waren Profilspuren, vermutlich von einem Kraftfahrzeug, vorfindbar. Von der KT der MUK wurden entsprechende Gipsabdrücke genommen. Die Reifenspuren führten vom Fundort der weiblichen Person (Milchweg) auf einem schräg zur Nebenverkehrsstraße Aue-Bockau führenden weiteren Weg entlang. Am Wegeinführungspunkt zur Nebenverkehrsstraße konnten auf einem kleinen Straßenhang zwei Originalflaschen mit Alkohol aufgefunden werden. Es handelt sich hierbei um eine noch nicht angerissene und mit Zeitungspapier eingeschlagene 0,35 Liter fassende Flasche Reiterlikör. Daneben stand eine 0,7 Liter fassende, etwa bis auf die Hälfte gefüllte Flasche mit Weinbrand (Verschnitt). Die Lage der Flaschen ließ darauf schließen, daß diese aufgrund irgendwelcher besonderen Umstände dort abgestellt worden sind.«

Außer dem Mädchen Ingrid war niemand in Reichweite. Er rief ihr also etwas zu, und sie nahm die Schnapsflasche und ging zu ihm, aber er wollte jetzt keinen Schnaps. Er schlug ihr mit seiner Pranke auf die Schulter, er betastete sie, und als sie sich von ihm freizumachen suchte, lallte er vor sich hin und stieß ihr seinen Schnapsatem ins Gesicht. Sie versuchte, seine Hände abzuschütteln, und redete auf ihn ein, aber gegen diesen Griff kam sie nicht an. Sie wand sich und stemmte die Arme mit den zerbrechlichen Handgelenken gegen seine Brust, sie sah sich mit einem hilflosen Blick um, für einen Augenblick gelang es ihr, die eine Hand freizubekommen, aber er griff sofort wieder zu, und er war jetzt richtig vergnügt.

Werner Bräunig: Rummelplatz

Alkohol am Tatort ließ Schlussfolgerungen zu Gewalt und Missbrauch zu. Andererseits gehörten Schnaps und Bergbau nicht nur in den Revier-Kneipen der DDR zusammen. Legendär der sogenannte Wismut-Fusel: »Zu beziehen war ein Liter Trinkbranntwein für Bergarbeiter steuerfrei zu einem Preis von 1,60 Mark über Berechtigungsscheine, die bei der Wismut auch als *Talons* bezeichnet wurden. Abgefüllt wurde er in Flaschen zu jeweils 0,5, 0,7 oder 1,0 Liter. Hergestellt wurde der Branntwein mit einem Alkoholgehalt von 32 Vol.-% meist in Brennereien, die in der Nähe von Bergbaubetrieben lagen. In der SAG Wismut standen ab 1947 den Arbeitern über Tage ein Liter und Arbeitern unter Tage zwei Liter im Monat zu. Später bekamen die Bergleute der SDAG Wismut im Streckenvortrieb oder im Abbau bis zu sechs Liter im Monat.« Der Reiterlikör war im nahen Bockau produziert worden, der Weinbrand-Verschnitt kam von »Bramsch« aus Dresden.

Alkohol in Tatortnähe. Reifenspuren auf dem Waldweg. Vielleicht war man zu Lustbarkeiten in den dunklen Tann gefahren, weil man hier von keinem beobachtet werden konnte oder das Gefühl, allein zu sein, hatte: »Wie aus dem Bildbericht der KT offensichtlich hervorgeht, wird unter normalen Umständen von einem Kraftfahrzeug der vorbezeichnete Weg nicht benutzt werden, weil die Befahrbarkeit mehr als erschwert angesehen werden muß, zumal der

Milchweg eine bessere Möglichkeit bietet, zur Nebenverkehrsstraße zu gelangen.« Bewusst musste der Tatort aufgesucht worden sein. Zunächst wohl mit dem Einverständnis der Geschädigten. Später eskalierte das Zusammensein, Kampfspuren deuten darauf hin. Die persönlichen Sachen der Geschädigten lagen um den Tatort herum verstreut. »Von den übrigen, möglicherweise mit der Handlung in Verbindung zu bringenden Sachen und Gegenständen wurden ebenfalls Lichtbilder angefertigt, die Auffindungsstellen werden in der Skizze des KT festgehalten. Aufgrund der Umstände wurde auf einen ordnungsgemäßen Fundort- beziehungsweise Tatortbefundsbericht verzichtet, und der Bericht des KT wird entsprechend erweitert.«

Aufgrund dieser Indizien sind sich die Ermittler einig: Es besteht der dringende»Verdacht einer versuchten, vorsätzlichen Tötung«, die vermutlich bereits am Donnerstag, dem 16. September 1954, begangen wurde. Das Opfer wies mehrere Schnittverletzungen am Schädel sowie an der Hand auf. Nach zwei Tagen ohne Hilfe war die Verletzte nicht ansprechbar, kaum lebend. »Die Bongarz wurde sofort in das Bergbaukrankenhaus in Aue in bewußtlosem Zustand eingeliefert. Der Gesundheitszustand ist bedenklich, mit einem Ableben ist zu rechnen. Die bisherigen Untersuchungen ergaben, daß in unmittelbarer Nähe des Fundorts der verletzten Person auf dem Erdreich Veränderungen vorzufinden waren, die auf Abwehrhandlungen schließen lassen. Des weiteren konnten Profilspuren, vermutlich von einem Kraftfahrzeug (Lkw) herrührend, festgestellt und gesichert werden. Irgendwelche Anhaltspunkte auf einen bestimmten Täter beziehungsweise Täterkreis waren nicht festzustellen. Der Staatsanwalt des Kreises Aue, das SfS [Staatssekretariat für Staatssicherheit] und die Dienststelle der zuständigen Kommandantur wurden in Kenntnis gesetzt. Der Vorgang wird gemeinsam mit der Abteilung K des VPKA Aue bearbeitet.«

Jetzt sucht man Susa Bongarz' Schwägerin, Ilse Gärtner, nochmals auf und bedauert, ihre Vermisstenmeldung zwei Tage zuvor nicht so ernst wie nötig genommen zu haben. Vielleicht hätte man dann Susa Bongarz eher schon gefunden. Vielleicht … Möglicherweise … Eventuell … Nun ist das Leben der jungen Frau kaum mehr zu retten, jedenfalls zweifeln daran die Ärzte.

Die Ermittler versuchen, die Stunden vor der Gewalttat zu rekonstruieren, Mordmotive und Gelegenheit sehen sie dafür zunächst nicht in der Familie. Ehemann Helmut hat ein perfektes Alibi: seine Arbeit im Schacht, der Schlaf zu Hause, Schwager, Schwester, die Kollegen bestätigen das Alibi und geben gutes Zeugnis. Ilse Gärtner ist von den Vorgängen zutiefst geschockt. Die Ermittler schreiben ins Protokoll: »Die geschädigte Bongarz verließ am 16.09.1954 ihre vorübergehende Wohnung in Schneeberg, um in Aue Besorgungen zu erledigen und gleichzeitig die noch notwendigen Formalitäten bei der in Aussicht stehenden Arbeitsstelle Brom-Kombinat (Sowjetische Schneiderei) vorzunehmen. Dort hat sie nicht vorgesprochen. Die Bongarz befindet sich erst seit vierzehn Tagen in Schneeberg und soll keine Ortskenntnisse der näheren und weiteren Umgebung sowie keinen näheren Bekanntenkreis haben. Bereits in Hohenbocka hatte sie in den letzten Wochen während der Abwesenheit ihres Ehemannes ein Verhältnis, weswegen dieser Schneeberg aufsuchte und bei seiner Schwester Unterkunft fand. Durch eine gemeinsame Aussprache wurde die Ehegemeinschaft fortgesetzt und das Verhältnis gelöst sowie ein Wohnsitzwechsel nach Schneeberg durchgeführt. Trotzdem neigte die Bongarz weiterhin zum Alkoholgenuß und leichter Beeinflußbarkeit flüchtig kennengelernter männlicher Personen. Es besteht weiterhin der Verdacht, daß die Geschädigte irgendwelche Personen in Aue kennenlernte und vermutlich mit diesen einen Ausflug machte, wobei vermutlich ein Kfz Verwendung fand. Durch unbekannte Umstände wurde sie mittels eines scharfen Gegenstandes niedergeschlagen und ihrer Barschaft in Höhe von 50,- bis 70,- DM und eines Paares neuwertiger Lederschuhe (Damenschuhe) beraubt. Zur Zeit ist der Gesundheitszustand sehr bedenklich, hat sich jedoch gegenüber dem ersten Befund nicht verschlechtert.«

Natürlich könnten die Ermittlungen schneller vonstattengehen, wenn sich das Opfer, Susa Bongarz, der Kriminalpolizei erklären könnte, wie der Donnerstagabend verlaufen sei, mit wem sie unterwegs gewesen sei. Wiederholt fragen die Ermittler im Krankenhaus in Aue nach und bitten, sobald eine Änderung des Gesundheitszustands der Verletzten eintritt, um Benachrichtigung. Diese erfolgt noch am gleichen Tag:

»Aktenvermerk: Am 18.04.1954 wurden durch das VPKA Aue beim Bergbaukrankenhaus Aue Ermittlungen über den Gesundheitszustand der verletzten Person Bongarz eingezogen. Vom behandelnden Arzt wurde mitgeteilt, daß die Bongarz für einen kurzen Augenblick ihr Bewußtsein wiedererlangte und den Satz zum Ausdruck brachte, daß sie spazieren gegangen sei, nachdem traten wieder Bewußtseinsstörungen ein. Mit dem Ableben der Bongarz wäre zu rechnen.

Es wurde die Anordnung übermittelt, Blut auf Alkohol und zur Blutgruppenbestimmung sicherzustellen. Eine Blutalkoholbestimmung konnte jedoch nicht durchgeführt werden, weil zwischenzeitlich Bluttransfusion erfolgte. Die Blutgruppe der Bongarz wurde mit Blutgruppe B bezeichnet.«

Noch am selben Tag erreicht ein weiterer Notruf die Polizei: Tote und Schwerverletzte durch einen Autounfall. »Infolge der derzeitigen starken Arbeitsüberlastung der MUK wurden vom VPKA Aue gemeinsam mit dem Staatsanwalt des Kreises Aue Erkundigungen selbständig durchgeführt. Über den Ausgang wird nachberichtet.«

Später notiert man: »Infolge Neuanfalles eines Vorgangs mußten zunächst die weiteren Ermittlungen zum Vorgang

›Verdacht einer versuchten vorsätzlichen Tötung‹ an der Bongarz, Susa, vorläufig zurückgestellt werden. Die weiteren Untersuchungen werden, wenn möglich, fortgesetzt.« Als man sie fortsetzt, wird der Tatort am Milchweg noch einer penibleren Untersuchung unterzogen, als dies in den Stunden nach dem Auffinden der Verletzten möglich gewesen ist. Und die Ermittler entdecken neue Spuren: Im Walddickicht zwischen jungen und alten Fichten, 3 Meter vom Tatort entfernt, stößt man auf einen »circa 25 Kilogramm schweren Stein mit eingetrocknetem Blut und Haaren behaftet«. 60 Zentimeter davon entfernt liegt ein Hufeisen im Gras und »2,5 Meter vom Fundort Tasche und Schlüpfer«. Auch findet man »58 Stück Erzeimer mit der charakteristischen Paraffin-Isolierung und geprägten Nummern«. Von der Weinbrandflasche können die Kriminaltechniker einen Fingerabdruck fast vollständig abnehmen. Auch Susas modisches Pepita-Jackett kann sichergestellt werden. Doch all das liefert keine Anhaltspunkte für einen Täter.

Mangels zum Täter führender Indizien spricht man zwei Tage nach der Rettung der Verletzten nochmals mit den Zeugen, die Susa Bongarz im Wald aufgefunden haben: Hulda Kurz, Martha Barneike, Eckehard Leupold und Kollegen. Auch aus ihren Aussagen ergeben sich keine neuen Ermittlungsansätze. Die Gäste des Lehrlingswohnheims an der Conradswiese und die Betreiber umliegender Wirtshäuser werden befragt in der Hoffnung, dass sie sachdienliche Angaben machen können. »Des weiteren wurde der Inhaber der Gaststätte ›Waldhäusel‹,

Name:	Keller
Vorname:	Hans Herwart
Geb.:	20.07.1896 in Lauter
Wohnhaft:	Lauter, Pockauer Straße 97,

aufgesucht, und der erklärte, daß er seine Gaststätte fast regelmäßig kurze Zeit nach Einbruch der Dunkelheit schließen würde. Im allgemeinen wird sein Lokal von Gesellschaften besucht, welche eine geschlossene Veranstaltung haben. Ihm war erinnerlich, daß sein mit im Grundstück wohnhafter Schwiegersohn ihm davon Mitteilung machte, daß er am Mittwoch, dem 15.09.1954, von der Nachtschicht kommend, gegen 24 Uhr, eine jüngere Person bemerkte, welche ihn fragte, ob er drei Mädel gesehen hätte. Von dem Schwiegersohn des Keller wurde die Frage verneint, weil es nicht der Fall gewesen war. Eine Personenbeschreibung der betreffenden Person konnte nicht abgegeben werden, weswegen Keller beauftragt wurde, mit seinem Schwiegersohn Rücksprache zu nehmen. Zur gegebenen Zeit wird eine protokollarische Vernehmung des Keller beziehungsweise seines Schwiegersohns durchgeführt.

Weiterhin wurde zum Ausdruck gebracht, daß hin und wieder Personen in Uniform der Besatzungsmacht das Lokal ›Waldhäusel‹, meistens in Begleitung einer weiblichen Person, aufsuchen, wobei es sich jedoch um Angehörige der Besatzungsmacht handelt, die Keller schon längere Zeit vom Sehen her kennt. In der letzten Zeit sind keinerlei Komplikationen, wie zum Beispiel Streitigkeiten oder Schlägereien, vorgekommen.«

Die Schiebetür ist offen. Am Tisch neben Lutz sitzt Sergej. Ihre Gläser sind leer. Sergej zeigt dem Mädchen Fotografien. Ihre Köpfe sind dicht beieinander. »Du bist achtzehn«, Sergej blickt von dem Bild auf, sieht Lutz an, »sie war auch achtzehn. Meine Frau. Wie du.« Lutz hat Sergej betrachtet, solange er auf die Fotografie sah, da er sie anschaut, wendet sie sich von ihm ab. Das Gesicht des Mädchens ist dicht vor Sergej. »Wunderbare Augen«, sagt er, in Erinnerung versunken. Er denkt an seine Frau, und er sieht das Mädchen.

Konrad Wolf: Der Sonnensucher

Auch wenn sich ein diesbezüglicher Verdacht noch nicht erhärtet: Durchaus möglich wäre es, dass Susa Bongarz ein Opfer sexueller Übergriffe durch Angehörige der sowjetischen Besatzungsmacht ist. Die Auffindesituation in der Einsamkeit des Waldes, Reifenspuren, Alkohol und weggeworfene Schlüpfer bestärken eine solche These noch. Aber Ermittlungen in diese Richtung sind schwierig: Zum einen gibt das Oberkommando der sowjetischen Streitkräfte selten über seine Angehörigen Auskunft, zum anderen meint die Bevölkerung: Die Soldaten tun und lassen, was sie wollen, halten sich weder an Gesetz noch Ordnung. Behördenleitung und Parteiorgane jedoch verlangen im Fall »Susa Bongarz« schnelle Ergebnisse, denn in Lauter, Aue, Schneeberg, in der Wismut wird darüber diskutiert. Ein Täter aus den Reihen der Sowjetarmee – das wäre diffizil und würde die endgültige Überführung eines Täters erschweren, wenn nicht gar unmöglich machen. Gerüchte über die Sowjetsoldaten und ihr Benehmen blühen, auch ohne den Mordversuch an Susa Bongarz.

»Die Sowjets handelten nach ihrem Sieg über Hitlers Deutschland zunächst in dem archaischen Verständnis, dass alles Vorhandene in der von ihnen besetzten Zone frei verfügbar sei – waren doch alle überkommenen Rechte aus ihrer Perspektive durch die übermächtige Schuld der Deutschen obsolet geworden. Obwohl die DDR bereits 1949 gegründet wurde, regelte erst von 1957 an ein Stationierungsvertrag – zumindest auf dem Papier – alle Einzelheiten des Aufenthaltes der ›Gruppe der Sowjetischen Streitkräfte in Deutschland‹. Zwar wurde dem ostdeutschen Bruderland jetzt formal die Entscheidungshoheit zugestanden, doch ganz ernst gemeint war das nicht. So durfte das sowjetische Oberkommando im Falle einer Bedrohung weiterhin jedwede Maßnahme ergreifen, die es zur eigenen Sicherheit für nötig erachtete.« Die Ermittlungsthese »Täter aus den Reihen der Besatzungsmacht« wird nicht verworfen.

»Vernehmung einer Zeugin: 20.09.1954

Name:	Teichmüller, geb. Schreck
Vorname:	Hedwig Wilhelmine
Geb.:	am 20.01.1912 in Schwarzenberg
Beruf:	Gastwirtin/Landwirtin
Wohnung oder letzter Aufenthalt:	Bermsgrün (Jägerhaus), Krs. Schwbg.

Verwandtschaftliche oder sonstige Beziehungen zum Beschuldigten: keine.

Zur Sache:

Seit 1946 wohne ich hier in Bermsgrün, Ortsteil Jägerhaus, und arbeite in der Gaststätte ›Jägerhaus‹, die meinem Ehemann gehört. Der Betrieb in der Gaststätte ist hier sehr unterschiedlich, viel Verkehr herrscht meist an Sonntagen.

Im Verlaufe der vergangenen Woche ist bei mir in der Gaststube zweimal eine Frau in Begleitung eines Mannes in sowjetischer Uniform gewesen. Das Datum, wann beide gekommen sind, weiß ich heute nicht mehr genau. Auf jeden Fall lag zwischen ihren Besuchen ein Tag Zwischenraum, so daß sie entweder am Montag, 13., und Mittwoch, 15., oder Dienstag, 14., und Donnerstag, 16.09.1954, die Gaststube aufsuchten. Das erste Mal, als sie hier waren, erstreckte sich etwa auf eine halbe Stunde Aufenthalt, und es kann gegen 20 Uhr gewesen sein, als sie hier erschienen. Soweit ich mich erinnern kann, kamen sie gemeinsam und setzten sich an den rechts der Eingangstür der Gaststube stehenden Tisch gegenüber, und zwar so, daß der Mann in Uniform mit dem Gesicht der Eingangstür zu saß.

Der Soldat trank zwei Glas helle Bier, die Frau trank ein Glas helles Bier und hat dazu eine Bockwurst verzehrt. Ich konnte bemerken, daß die Frau mit dem Soldaten russisch sprach, bei mir bestellte sie auch für den Soldaten in deutscher Sprache. Besonders angeregt haben sie sich nicht unterhalten, sondern nur von Zeit zu Zeit miteinander gesprochen, trotzdem hatte ich den Eindruck, daß sie sich gut miteinander verständigen konnten.

Das zweite Mal kamen sie auch ungefähr gegen 20 Uhr und haben sich auch nur verhältnismäßig kurze Zeit bei mir aufgehalten. Was sie da verzehrten, weiß ich nicht mehr, eine große Zeche war es nicht. Ich kann mit Bestimmtheit sagen, daß sie keine Speisen oder Getränke mit auf den Weg nahmen. Ich glaube, daß sie auch das zweite Mal an demselben Tisch saßen.

Bei einem der zwei Besuche hier war die Bezahlung so geregelt, daß der Soldat zuerst hinausging, die Frau sprach mich dann wegen der Begleichung der Zeche an, zu diesem Zeitpunkt lag ein 5-DM- oder 10-DM-Schein auf dem Tisch. Ich nehme an, daß ihn der Soldat herausgelegt hatte. Während der beiden Besuche waren auch noch andere Gäste hier anwesend, wer dies allerdings gewesen ist, kann ich nicht mehr sagen.

Ich habe keine Beobachtungen dahingehend gemacht, daß beide mit einem Kraftfahrzeug hier angekommen seien oder weggefahren sind, es ist dies aber durchaus möglich, es kommen hier viele Gäste mit einem Kraftwagen an, da achte ich nicht so genau darauf.

Wenn ich nach der Beschreibung der beiden Personen gefragt werde, so kann ich hierüber folgendes aussagen: Bei dem Soldaten handelt es sich um keinen Offizier, er war etwa 165 bis 170 Zentimeter groß, mittelstarke, nicht besonders untersetzte oder schlanke Gestalt, er hatte ein schmales Gesicht, dunkelblondes, linksgescheiteltes, langes, nicht geschorenes Haar. Über seine Bekleidung kann ich, außer daß er Uniform trug, keine Angaben machen, ich weiß nicht einmal, welche Kopfbedeckung er trug.

Etwas näher habe ich mir die Frau angesehen, weil ich eine Ähnlichkeit mit einer mir bekannten Frau feststellen konnte. Ich kann sie wie folgt beschreiben: Sie hat ein Alter von schätzungsweise 20 Jahren, war etwa 1,60 Meter groß, schlanke Gestalt, wenig gewelltes, blondes Haar, blonde Augenbrauen, längliches Gesicht, bei dem die obere Gesichtshälfte etwas breiter als die untere war, besondere Kennzeichen habe ich an ihr nicht bemerkt. In dem mir vorgelegten Lichtbild erkenne ich diese Frau nicht wieder, dafür sind mir auf dem Bild die Haare zu dunkel, desgleichen die Augenbrauen, lediglich kann ich eine Ähnlichkeit in der Nasenpartie feststellen, sie hatte eine etwas eingebogene Nase. Über die Mund- beziehungsweise die Kinnpartie kann ich in Bezug auf Ähnlichkeit keine Angaben machen. Wenn mir die Frau gegenübergestellt würde, würde ich sie mit Sicherheit wiedererkennen. Sie trug eine längere, dunkle Kostümjacke, über deren Farbe ich keine sicheren Angaben machen kann, ich glaube, sie war blau, darunter trug sie eine helle Bluse, der Rock, den sie dazu trug, war ebenfalls dunkel. Eine Kopfbedeckung trug sie nicht, über ihre Schuhe kann ich keine Angaben machen. Ein Halstuch hat sie nicht getragen, dieses in Verbindung mit der mir vorgelegten Halstuchspange wäre mir aufgefallen. Irgendwelche Schmuckstücke (Ringe und dergleichen) habe ich an ihr sowie dem Soldaten nicht bemerkt. Sie sprach deutsch, ohne besondere Mundart.

Hinzufügen möchte ich noch folgendes: Bei einem der beiden Besuche hier kamen zwei weitere Soldaten in die Gaststube, diese tranken an der Theke je ein Glas Bier. Zu diesem Zeitpunkt kam der inzwischen einmal aus der Gaststube hinausgegangene Begleiter wieder zur Tür herein, und die beiden erwähnten Soldaten sprachen ein paar Worte mit ihm, worauf er dann wieder an den Tisch zurückging. Die beiden anderen Soldaten sind dann gleich gegangen, während er noch eine ganze Weile mit am Tisch sitzen blieb.

Woher der Soldat stammt oder gekommen ist, kann ich nicht sagen, gefühlsmäßig hatte ich die Vermutung, daß er vielleicht zu dem hier in der Nähe befindlichen Schacht gehören könnte.

Daß es bei den beiden Besuchen hier zwischen dem Soldaten und der beschriebenen Frau zu einer Auseinandersetzung oder einem kleinen Streit gekommen sein könnte, kann ich nicht sagen, sie sprachen freundlich miteinander.« Weitere Angaben kann Hedwig Teichmüller zu den Gästen nicht machen, zur Sache selbst weiß sie nichts. »Auf Befragen möchte ich angeben, daß ich nicht gesehen habe, daß die Frau eine Handtasche oder andere Gegenstände bei sich trug oder diese von dem Soldaten getragen worden sein könnten. Ich glaube, daß ich dies bemerkt hätte.«

Das alte Försterhaus,
dort wo die Tannen stehn,
Das hat jahrein, jahraus
viel Freud und Leid gesehn.

Rodgers-Duo: »Das alte Försterhaus« – 8-mal Top Ten 1954

Die Vermutung, dass die den Soldaten begleitende Frau im Jägerhaus Susa Bongarz gewesen wäre, liegt nicht nah. Die Wirtin erkennt sie auf den ihr vorgelegten Fotos nicht wieder. Auch hatte sich Susa am 15. September bereits die Haare kurz geschoren. Außerdem unterhielt sich das Pärchen russisch, eine Sprache, die nach übereinstimmender Aussage Susa Bongarz nicht beherrschte. Andererseits schien Susa jemanden kennengelernt zu haben, der sie ihr Aussehen drastisch verändern ließ. Warum nur schnitt sich die junge Frau ihre Haare ab auf Männerkürze, wenn es keinen Anlass dafür gegeben hätte?

Sie »zog sich am Mittwoch, dem 15.09.1954, als Mann an. Ihrem Ehemann gegenüber teilte sie mit, daß sie allein ausgehen will. Wie sie uns sagte, habe sie an diesem Tage die Gaststätte ›Ratskeller‹ in Aue aufgesucht«, sagte ihre Schwägerin der Polizei. Ohne Anlass wird Susa Bongarz das nicht getan haben. Sie hatte offensichtlich Spaß daran, die Leute damit zu narren, keiner sollte sie in diesem Aufzug erkennen.

Als Mann zum Tanz nach Aue in den Ratskeller ist sie gegangen. Sicherlich begleitet von ihrer Freundin Emmy Pöhlmann. Diese war Ehemann Helmut einmal kurz vorgestellt worden, engeren Kontakt pflegte er nicht. Schwägerin Ilse Gärtner war nur die Adresse bekannt, so suchte sie Emmy Pöhlmann auf, weil sie wissen wollte, ob Susa vielleicht bei ihr Unterschlupf gefunden hatte. Emmy jedoch versicherte Ilse Gärtner gegenüber, Susa an jenem Tage nicht gesehen zu haben, verabredet seien sie auch nicht gewesen. Die Kriminalisten müssen diese Frau befragen:

»Vernehmung einer Zeugin: Aue, 21.09.1954

Name:	Pöhlmann, geb. Krause
Vorname:	Emmy Frieda
Geb.:	am 28.02.1916 in Wildbach, Krs. Aue
Beruf:	Zugführerin Deutsche Reichsbahn
Wohnung oder letzter Aufenthalt:	Aue, Gellertstr. 9
Nummer des DPA:	XIV 1146569

Verwandtschaftliche oder sonstige Beziehungen zum Beschuldigten: keine.

Zur Sache:

Seit Januar 1951 bin ich das zweite Mal bei der Deutschen Reichsbahn als Zugführerin beschäftigt. Seit 1952 wohne ich in Aue. Vom 14. bis 31.08.1954 hatte ich Urlaub. Mit meinem Verlobten Edwin Urzendowski hatte ich vereinbart, mit ihm zusammen in den Urlaub zu fahren, und ich hatte mir zu diesem Zwecke aus dem Kursbuch eine Urlaubsstelle in Lübbenau (Spreewald) herausgesucht. Zusammen mit meinem Verlobten habe ich dann meinen Urlaub in Lübbenau verlebt, wir wohnten in der Zeit vom 15. bis 28.08.1954 im

Hotel ›Spreewaldschlößchen‹ in Lübbenau. Gleich am ersten Tage hatten wir beim Abendessen im bezeichneten Hotel einen Mann kennengelernt. Die Unterhaltung mit ihm ergab, daß er ebenfalls im Erzgebirge beheimatet war. Es stellte sich heraus, daß er Erich Neumann hieß und in Gelenau wohnte. Neumann war mit seinem 10- oder 11-jährigen Jungen in Lübbenau im Urlaub, wie er uns sagte, wollte seine Ehefrau später an die Ostsee fahren, weil sie das Geschäft nicht allein lassen konnten.«

Tauschen Sie den Lärm der Stadt gegen die reiche Geräuschkulisse der Natur. Kommen Sie zum Urlaub in den Spreewald. In wenigen Stunden Anreise bietet er beste Bedingungen für eine Reise zu sich selbst. Entdecken Sie Ihr inneres Gleichgewicht inmitten der Natur. Ein Spreewald-Urlaub hat viele Gesichter. Ob aktiv mit dem Rad oder direkt mit dem Paddelboot auf den klassischen Wasserstraßen der Region. Im Spreewald wird Zeit zu Leben. Bleiben Sie in Bewegung beim aktiven Familienurlaub inmitten der Natur oder genießen Sie die Ruhe. Die Region bietet Entspannung bei Wellness und SPA in komfortablen Hotels, nicht nur bei der spontanen Auszeit und dem Kurzurlaub.

WWW.SPREEWALD-INFO.DE

»Mit Neumann zusammen haben wir fast jeden Tag verlebt, machten gemeinsame Ausflüge usw. Anläßlich einer Paddelpartie nach der Ortschaft Burg, die wir gemeinsam mit Neumann und seinem Jungen durchführten, erhielten wir Kenntnis davon, daß in Burg am 22.08.1954 ein Trachtenfest stattfinden solle. Neumann, der zunächst seinen Urlaub am Freitag, 20.08.1954, abbrechen wollte, ließ sich von seinem Jungen dazu bewegen, bis zu diesem Tage, also Sonntag, im Urlaub zu bleiben und dann am Montag, 23.08.1954, wieder nach Hause zu fahren.

Am Sonnabend, 21.08.1954, fand abends im Hotel ›Deutsches Haus‹ ein Tanzvergnügen statt, an dem wir wiederum mit Neumann gemeinsam teilnahmen. Da Neumann allein war, holte er sich mehrere Frauen zum Tanz, mehrere Male tanzte er auch mit einer Frau, mit der ich während einer Tanzpause auch ins Gespräch kam. Es stellte sich heraus, daß sie mit dem Vornamen Susa hieß und, wie sie sagte, erst am Vortage, also am 20.08.1954, in Lübbenau angekommen war. Ich erfuhr im Verlaufe der folgenden Unterhaltung während der Tanzpausen von ihr, daß sie von zu Hause weggelaufen sei, um selbständig durchzukommen, sie sagte mir ferner, daß sie bereits an diesem Tage (21.08.1954) in Lübbenau Arbeit gesucht und bei einem Schneidermeister diese auch gefunden habe, so daß sie am Montag, 23.08.1954, anfangen könnte. Da es sich herausstellte, daß sie im Ort niemand hatte, habe ich den Vorschlag gemacht, daß sie mit zu der von uns geplanten Teilnahme am Trachtenfest gehe. Sie sagte auch zu, und wir vereinbarten, uns am Sonntagmorgen spätestens 7 Uhr am Bootshaus von Lübbenau zu treffen.

Mein Verlobter und ich hatten uns gegen 23.30 Uhr aus dem Tanzvergnügen entfernt, um nach Hause zu gehen. Neumann blieb mit Susa noch dort, wann sie gegangen sind, kann ich deshalb nicht sagen, auch nicht, ob sie zusammen weggegangen sind, es ist auch zwischen uns nicht mehr darüber gesprochen worden.

Die erwähnte Paddelpartie ist dann auch, wie vorgesehen, von uns allen durchgeführt worden. Ich hatte während dieses Ausflugs nicht wahrgenommen, daß das Verhältnis zwischen Neumann und Susa über das Freundschaftliche hinausging, von einem beginnenden Liebesverhältnis kann man dabei nicht sprechen. Neumann hat nicht verschwiegen, daß er verheiratet war, trug seinen Ring, er hatte ja auch den Jungen mit. Ich möchte hinzufügen, daß es sich bei Neumann um einen durchaus soliden und ordentlichen Menschen handelt, der in dieser Beziehung eher viel Zurückhaltung zeigte. Es handelt sich um einen 42 oder 43 Jahre alten Mann.

Während des Mittagessens fragte ich Susa, da sie über alle ihre persönlichen Dinge und über ihre Angehörigen geschwiegen hatte, wie sie denn so plötzlich nach Lübbenau gekommen sei. Sie antwortete mir daraufhin, daß sie einen Freund von der Schulzeit her habe, der jedoch nur Interesse für seine Arbeit und nicht mehr für sie habe, und so sei sie eben einfach abgereist. Sie sagte mir auch noch, daß sie eine Verwandte in Westberlin habe, zu der sie eigentlich gehen wolle. Ich habe ihr davon abgeraten, so ins Geratewohl nach Westberlin zu fahren, dort könne sie ja doch nicht wissen, wie es ihr einmal gehe, und sie solle lieber hier in Lübbenau bleiben, wo sie ja nunmehr auch gleich Arbeit als Herrenschneiderin gefunden habe. Sie antwortete mir darauf, daß sie auch einmal verdienen wolle und könne, um sich zu verbessern. In diesem Zusammenhang machte ich ihr den Vorschlag, doch zu uns nach Aue zu kommen (sie gab an, in Hohenbocka bei Senftenberg zu wohnen), vielleicht könne sie auch Arbeit in der Wismut-Schneiderei bekommen, da stünde sie materiell bestimmt nicht schlecht. Sie fragte mich noch, wie sie denn da hineinkäme, und ich versprach ihr daraufhin, mich in diesem Falle darum zu kümmern. Ich sagte, daß sie für diesen Fall schreiben sollte, ich würde mich dann um eine Einreisegenehmigung kümmern.

Es kann kurz nach 19 Uhr gewesen sein, als wir wieder nach Lübbenau zurückkehrten. Susa hatte uns in Lübbenau verlassen, das heißt, sie verabschiedete sich von Neumann und uns im Ort, und Neumann ging mit uns und seinem Jungen zum Hotel, um sich dann ungefähr gegen 21 Uhr von uns zu verabschieden. Er wollte noch seine Koffer packen, weil er am kommenden Morgen zeitig mit dem Zug nach Hause fahren wollte, und ich glaube nicht, daß er Susa an diesem Abend oder später nochmals gesehen hat.

Mit Susa sind wir dann in den folgenden Tagen unseres Urlaubs verkehrt. Sie kam täglich zu uns, und im Verlaufe unserer Unterhaltungen gewann ich den Eindruck von ihr, daß sie ihrer Arbeit nachging und kein leichtsinniges Leben führte. Ich habe sie in dieser Zeit nie mit einem anderen Mann gesehen, und sie hat auch nicht von solchen Bekanntschaften gesprochen.

Es kann in diesen folgenden Tagen, vielleicht auch vorher gewesen sein, daß mein Verlobter gelegentlich davon sprach, daß er bei der Wismut in Oberschlema beschäftigt sei, und zwar unter Tage als Brigadier an der Wippe. Daraufhin fragte ihn Susa, ob er den Steiger oder Obersteiger Eberhard Gärtner kenne. Mein Verlobter verneinte und fragte, wo dieser denn arbeite. Das wisse sie nicht, sagte nur, daß er in Oberschlema sei. Susa machte noch die Bemerkung, daß Gärtner ja sonst so täte, als ob er überall bekannt sei. Sonst wurde bei dieser Gelegenheit nicht weiter über Gärtner gesprochen, nur noch, daß Susa ihn von früher her kenne.

Über sich und ihre Verwandten hat Susa unterhaltungsweise nur noch davon gesprochen, daß sie nur noch ihre Mutter habe, daß es ihr zu Hause nicht besonders gut gegangen sei, ihre Mutter wollte nicht wieder heiraten, und ihr Vater habe sein ganzes Geld vertrunken, sei später im Kriege gefallen, und sie wünsche ihr Leben niemand anders. Sie sei das erste Mal von zu Hause weggegangen und wolle sich nun eben selbst durchschlagen.

Am Abend unserer Abreise brachte sie ihr Bedauern darüber zum Ausdruck, daß wir nun weggehen wollten und sie nunmehr niemand mehr habe, mit dem sie sich austauschen könnte. Ich versprach ihr daraufhin, daß ich ihr schreiben wolle und, wenn sie es wünsche, mich auch um ihre Arbeit kümmern wolle für den Fall, daß sie nach Aue käme. Bei dieser Gelegenheit tauschten wir unsere Anschriften und Namen aus, und dabei habe ich erst ihren Familiennamen Bongarz erfahren.

Am 28.08.1954 trat ich dann mit meinem Verlobten die Rückreise nach Aue an. In der Zeit bis zum 1. September war ich noch zu Hause.

Überrascht war ich davon, als die Bongarz am 01.09.1954 gegen 10 oder 11 Uhr bei mir plötzlich, ohne daß ich es vermuten konnte, in der Wohnung erschien. Auf meine Frage, wie sie denn ohne Einreisegenehmigung hierhergekommen sei, erklärte sie mir, daß sie verheiratet sei, daß ihr Mann in Oberschlema anfangen wolle, zu arbeiten, und sie einfach mit ins Sperrgebiet hineingenommen habe, wo sie jetzt bei der Schwester ihres Ehemanns und deren Ehemann, dem mir bezeichneten Gärtner, wohne. Ihr Ehemann habe sie damals gleich am Tage ihrer Abreise von Lübbenau abgeholt.

Im weiteren Verlaufe unserer Unterhaltung brachte sie dann zum Ausdruck, daß sie mit dem Verlaufe ihrer Ehe nicht zufrieden sei und daß daran im Grunde genommen ihre in Westberlin wohnhafte Schwägerin schuld sei, die sie einige Zeit in Berlin verwöhnt habe, so daß sie mit ihrem Ehemann danach nicht mehr zufrieden war. Sie hätte sich aus diesem Grunde von zu Hause (Hohenbocka) entfernt und sei, ohne größere Geldmittel mitzunehmen, einfach abgereist, wo wir sie in Lübbenau schließlich getroffen hätten. Sie brachte noch zum Ausdruck, daß sie sich mit ihrem Mann wieder versöhnt habe, sie sagte mir auch noch, daß sie sich in der Wismut-Schneiderei Arbeit gesucht habe und dort am 15.09.1954 anfangen könnte. Ich forderte sie in diesem Zusammenhang auch noch auf, mich dann zu besuchen, weil ich in der Nähe wohnte. In diesem Sinne haben wir uns dann auch verabschiedet.

Ich möchte hier berichtigen: Während ihres ersten Besuchs hat die Bongarz noch nicht von ihrem Arbeitsbeginn gesprochen, sondern nur davon, daß sie sich Arbeit suchen wolle. Erst bei ihrem zweiten Besuch in der Woche vom 5. zum 11.09.1954 sprach sie vom Datum des Arbeitsbeginns.

Das nächste Mal sah ich die Bongarz am 12.09.1954, als ich meinen Dienst beendet hatte. Zu diesem Zeitpunkt holte mich mein Verlobter vom Bahnhof ab und befand sich in Begleitung der Bongarz und ihres Ehemanns, die er unterwegs getroffen hatte. Wir hatten uns etwa fünf Minuten lang gesprochen, und bei dieser Gelegenheit hatte ich ihren Ehemann erstmalig gesehen. Er machte mir einen guten und ruhigen Eindruck, und es schien, als ob zwischen ihm und seiner Frau alles in Ordnung sei. Bei dieser Gelegenheit sprach die Bongarz im Beisein ihres Ehemanns davon, daß sie ihre Arbeit erst am 01.10.1954 antrete, einen Grund dafür nannte sie nicht. Wir vereinbarten zu dieser Zeit, daß mein Verlobter die Eheleute Bongarz in Kenntnis setzen wolle, wann ich einmal frei hätte, und wir uns in der Wohnung der Schwester des Ehemanns treffen könnten. Das war das letzte Mal, als ich Frau Bongarz gesehen habe.

Am 17.09.1954, gegen 11 Uhr, kam eine Frau zu mir in die Wohnung, die sich als Frau Gärtner vorstellte und sich als die Schwägerin von Frau Bongarz zu erkennen gab. Sie fragte mich, ob Susa bei mir sei, und als ich verneinte, ob sie bei mir war. Ich gab ihr zur Antwort, daß ich in der Zeit vom Donnerstag, 16.09.1954, 13.45 Uhr, bis zum Freitag, 17.09.1954, 5 Uhr, nicht zu Hause war (ich war zur Versammlung und anschließend zum Dienst gegangen) und daß ich deshalb nicht sagen könnte, ob Susa in dieser Zeit bei mir in der Wohnung gewesen ist. Sie brachte mir gegenüber zum Ausdruck, daß Susa am Donnerstag, 16.09.1954, 11 Uhr von ihrer Wohnung weggegangen sei unter der Angabe, sie habe sich in der Wismut-Schneiderei nach ihrer Arbeit erkundigen wollen. Ohne daß es zu irgendwelchen Streitigkeiten oder anderen Anlässen gekommen sei, wäre sie bis zu diesem Zeitpunkt noch nicht wieder in die Wohnung zurückgekehrt, ihr Ehemann sorge sich um sie. Sie sagte mir weiter, daß sie in der Wismut-Schneiderei gewesen ist und dort zur Auskunft erhalten habe, Susa würde bereits am 15.09.1954 zur Arbeit erwartet und sei nicht gekommen. Sie habe bereits die Volkspolizei verständigt. Sie verabschiedete sich von mir, nachdem ich ihr versprochen hatte, ihr sofort Kenntnis zu geben, wenn Susa bei mir auftauchen sollte, und ich sah, daß sie mit einem Mietwagen, in dem zwei Kinder saßen, in Richtung Stadt wegfuhr. Das war das Letzte, was ich von der Bongarz erfahren habe.

Ich kann mir nicht denken, wo Frau Bongarz nach der von ihrer Schwägerin angegebenen Zeit gewesen ist und aus welchem Grunde sie wieder aus der Wohnung gegangen ist, ohne zurückzukehren. Von irgendwelchen Beziehungen zu anderen Männern hat sie nie etwas erwähnt, und ich habe auch nichts Diesbezügliches wahrgenommen. Ich bin erstaunt darüber, weil sie mir sagte, daß sie sich in der jetzigen Umgebung hier wohlfühle. Persönlich vertrete ich die Meinung, daß sie charakterlich für eine Ehe noch nicht reif genug ist.«

Weitere Ermittlungen und erneute Nachfrage im Krankenhaus. »Am 21.09.1954 wurde mit dem Chefarzt des Kreiskrankenhauses Aue Rücksprache genommen und von diesem zum Ausdruck gebracht, daß die Geschädigte Person Bongarz, Susa, für die nächste Zeit noch nicht vernehmungsfähig ist. Der bisherige Gesundheitszustand ist weiterhin sehr bedenklich, und bei Auftreten einer Gehirnerschütterung sei mit einem Ableben zu rechnen. Der Chefarzt wurde nochmals darauf hingewiesen, bei Lücken der Bewußtseinsstörung selbständig hinzuwirken, etwas über die näheren Umstände der Tatausführung in Erfahrung zu bringen und dies sofort dem VPKA Aue beziehungsweise der MUK der BDVP Karl-Marx-Stadt zu übermitteln.

Am gleichen Tag wurde mit dem SfS Aue und Schneeberg die Vereinbarung getroffen, daß die Dienststellen die in ihrem Bereich befindlichen Garagen überprüfen, ob in der Zeit vom 16.09. bis 18.09.1954 Kfz im starkverschmutzten oder beschädigten Zustand abgestellt worden sind, weil der Verdacht nicht auszuschließen ist, daß der Verursacher der Profilspur am Fundort der Bongarz von einem Lkw herstammt. Die Ergebnisse stehen zur Zeit noch aus. Zwischenzeitlich wurde vom Kreiskrankenhaus Aue – Chirurgische Station – zwecks eventueller Feststellung auf Vorhandensein von Spermazonen Kleidung sichergestellt. Der Zeitpunkt der Übersendung des Untersuchungsmaterials bleibt noch vorbehalten.

Von der BDVP Karl-Marx-Stadt, Leiter der Abteilung, VP-Kommandeur Marschner, wurde die Genehmigung eingeholt, in der ›Volksstimme‹ der Kreise Aue-Schwarzenberg-Schneeberg einen Presseartikel zu veröffentlichen, um die Mithilfe der Bevölkerung aufzurufen.

Die Überprüfung sämtlicher infrage kommender Gaststätten in Aue unter Vorlage eines Lichtbilds der Geschädigten Bongarz ist noch nicht abgeschlossen. Die bisherigen Feststellungen erbrachten keinerlei Anhaltspunkte, welche mit der Handlung in Verbindung gebracht werden können.

Die VVB [Vereinigung Volkseigener Betriebe] Kraftverkehr Aue wurde angewiesen, ihre Unterlagen einzusehen und Feststellungen zu treffen, zu welchem Zeitpunkt die Lösung des im Besitz gewesenen Fahrbilletts erfolgte und wer diesen Fahrschein zur Aushändigung brachte. Wenn möglich, werden entsprechende Untersuchungen geführt.«

Während die Ermittlungen fortgesetzt werden, erkundigen sich Kriminalisten im Umfeld der Emmy Pöhlmann. Was für einen Lebenswandel führt sie, mit wem pflegt sie Umgang, was weiß man über Besucher, Männerkontakte, Freunde? Emmy ist die einzige, die Susa in ihrer neuen Heimat näher kannte. Führte Emmy Pöhlmann die unbedarfte Susa auf Abwege und in üble Spelunken?

Du weißt doch, deine Bella Bimba, Bella Bimba, Bella Bimba,
Du weißt doch, deine Bella Bimba, Bella Bimba ist schön.
Du weißt doch, deine Bella Bimba, Bella Bimba, Bella Bimba,
Du weißt doch, deine Bella Bimba, Bella Bimba ist schön.

BIBI JONES: »BELLA BIMBA« – 12-MAL TOP TEN 1954

Die Nachbarin: »Ich kenne die Pöhlmann seit etwa einem Jahr, seitdem sie hier im Hause wohnt. Da jedoch mein Ehemann bei der Deutschen Reichsbahn in Aue Vertragsarzt war und die Pöhlmann bei der Reichsbahn beschäftigt ist, ist mir über sie bekannt, daß sie geschieden ist, zwei Kinder hat und mit einem Mann unverheiratet in einer Wohnung zusammenwohnt. Der allgemeine Leumund bei der Reichsbahn über die Pöhlmann ist, daß sie einen lockeren und leichten Lebenswandel führt. Über ihr Kommen und Gehen sowie über ihren Verkehr mit anderen Personen kann ich keine Angaben machen. Die Pöhlmann hat verschiedenen Dienst.« Eine Frau von achtunddreißig Jahren, die mitten im Leben steht.

Routine:

Neben den Betriebsgaragen kontrolliert die Kriminalpolizei mit besonderer Akribie die Fahrzeuge der Waldarbeiter. Übereinstimmungen im Profil der Reifen mit den Spuren im Wald werden nicht festgestellt.

Weitere Routine:

»Bei der Abgabe des Artikels in der Redaktion der ›Volksstimme‹ in Aue wurde seitens des Leiters der Dienststelle mitgeteilt, daß dieser nicht vor Donnerstag in der ›Volksstimme‹ erscheinen kann. Auf die vorhandene Dringlichkeit des Artikels in seiner Bedeutung wurde noch einmal besonders hingewiesen.«

Weitere Routine:

»In der Kaderabteilung der HO Wismut Aue (Sa.) wurden Ermittlungen nach der Geschädigten Bongarz, Susa, angestellt, wobei festgestellt werden konnte, daß diese sich dort um eine Anstellung als Herrenschneiderin beworben hatte und unter dem 02.09.1954 dort einen Lebenslauf in kurzer Ausführung und einen Antrag der Einstellung ausfüllte und abgab. Ebenfalls befinden sich bei dem Antrag zwei Passbilder in der Ausführung, in der sich bereits welche im Besitz der MUK befinden. In dem Schneiderkombinat der HO Wismut sollte sie dann gemäß Vereinbarung am 15.09.1954 ihre Tätigkeit aufnehmen.

Am Dienstag, dem 14.09.1954, sprach die Bongarz im Schneiderkombinat noch einmal vor, wo ihr seitens des Vertreters des Leiters mitgeteilt wurde, daß sie sich noch bis zum 28.09.1954 gedulden solle, da zur Zeit wenig Aufträge vorliegen und aus diesem Grunde ein Schneider zur Entlassung kommt. Um ihr jedoch über die Einstellung einen endgültigen Bescheid erteilen zu können, wurde sie an diesem Tage für den 15.09.1954, 9 Uhr, noch einmal ins Kombinat bestellt. An diesem Tage erschien sie jedoch nicht wieder und sprach auch seit dieser Zeit dort nicht wieder vor.

Auf Befragen erklärte der Vertreter Leisegang, daß die Bongarz immer allein dort vorgesprochen hat und sie äußerte, daß sie hier um Arbeit nachsuche, da sie hier bessere Verdienstmöglichkeiten als in ihrer Heimat habe. Weiterhin erklärte sie dort, daß ihr Mann gleichfalls mit hier sei und bei der Wismut unter Tage arbeiten würde, jedoch habe sie noch keine Wohnung und halte sich mit ihrem Manne bei Bekannten auf.

Weitere Angaben über die Bongarz konnten seitens der Kaderabteilung und des Schneiderkombinats nicht gemacht werden.«

Weitere Routine:

Es wurde festgestellt, dass Susa Bongarz die Passbilder gleich nach ihrem Bewerbungsgespräch am 2. September bei »Foto H. Landgraf, Aue i. Sa., Markt« hat machen lassen. Doch kann sich keiner der Angestellten auf die junge Frau besinnen, zu rege ist im Atelier der Kundenverkehr.

Weitere Routine:

»Es wird gebeten, sofort Ermittlungen anzustellen, ob der Olbricht, Gerhard, circa 25 Jahre alt, angeblich wohnhaft Stendal, weiteres unbekannt, noch in der Brikettfabrik ›John Schehr‹ bei Hohenbocka als Monteur tätig ist beziehungsweise wann er von dieser Arbeitsstelle abgezogen worden war. Olbricht soll angeblich bei einer Familie Hanisch (Blumengeschäft) in Hohenbocka zur Untermiete vorübergehend gewohnt haben.

Außerdem sollen die genauen Personalien des Olbricht, sein tatsächlicher Wohnsitz, festgestellt werden und ob er irgendwie geäußert hat, daß er die Absicht habe, nach Aue-Schwarzenberg oder Umgebung zu gehen. Nach Möglichkeit sollen die zu führenden Erkundigungen keinen polizeilichen Charakter nach außen tragen. Das Ermittlungsergebnis ist durch Blitz-FS [Fernschreiben] der MUK der BDVP Karl-Marx-Stadt schnellstens durchzugeben.«

Weitere Routine:

Cottbus, 22. September: »Die angestellten Ermittlungen haben ergeben, daß ein Olbricht, Gerhard, noch nie in der Brikettfabrik ›John Schehr‹ beschäftigt war. Ein Blumengeschäft Hanisch gibt es in Hohenbocka nicht. Sämtliche Familien Hanisch in Hohenbocka wurden überprüft, ein Olbricht hat bei diesen nicht zur Untermiete gewohnt.«

»Vernehmung eines Zeugen: 22.09.1954

Name:	Schikora
Vorname:	Heinz Hugo
Geb.:	am 18.03.1933 in Wermsdorf, Krs. Oschatz
Beruf:	Verw.-Angestellter, jetzt KVP [Kasernierte Volkspolizei]
Wohnung oder letzter Aufenthalt:	Lauter, Conradswiese
Nummer des DPA:	KVP-Dienststelle Ministerium d. Innern Berlin

Verwandtschaftliche oder sonstige Beziehungen zum Beschuldigten: keine.

Zur Sache:

Von meiner Dienststelle habe ich vom 04.09. bis 22.09.1954

Urlaub. Während dieser Zeit habe ich mich fast ausschließlich zu Hause aufgehalten. Am 16.09.1954 war dies ebenfalls so, und wir haben in der Nähe unseres Grundstücks Grummet gemacht. Meine Mutter war jedoch im Haus zurückgeblieben. Etwa in der Zeit von 10 bis 12.30 Uhr hörte ich aus Richtung Bockau Geräusche, die ihrem Schall nach auf Platzpatronen schließen ließen. Eine Entfernung der Schützen kann ich nicht angeben, weil ich darauf nicht geachtet habe. Es muß etwa gegen 12.30 Uhr gewesen sein, als meine Mutter bei uns erschien und die Mitteilung machte, daß zwei sowjetische Soldaten bei uns im Grundstück erschienen wären. Diese haben sich eine Schaufel ausgeliehen. Unmittelbar darauf begab ich mich von unserem Grundstück zur Nebenverkehrsstraße Aue–Bockau, welche unmittelbar bei uns vorüberführt, und von dort aus sah ich oberhalb des sogenannten Milchwegs ein Kraftfahrzeug stehen. Ich lief in dieser Richtung weiter und konnte hierbei feststellen, daß es sich um einen Lkw der Marke ›Zis‹ handelt. In der gleichen Höhe des Kraftfahrzeugs war ein sowjetischer Soldat mit einer Schaufel beschäftigt. Bemerken möchte ich hierzu, daß das Kraftfahrzeug bereits aus der dort befindlichen Kuhle, es handelt sich hierbei um die Schneise Nr. 7, heraus war und fast mit seinen Vorderrädern den Straßenrand berührte. Der Lkw hatte einen Kastenaufbau und ein Verdeck aus Planen. In der Höhe der Hinterräder auf dem Erdreich waren zahlreiche Erzeimer verstreut, und in der gleichen Höhe war ein weiterer sowjetischer Soldat mit irgendetwas beschäftigt. Eine Beschreibung dieses sowjetischen Soldaten und seiner Tätigkeit kann ich nicht abgeben, weil er durch ein Kraftfahrzeug gedeckt gewesen war.

Der erstgenannte sowjetische Soldat hatte den Dienstgrad eines Sergeanten, die Farbe seiner Schulterstücke habe ich nicht beachtet. Sein Alter betrug circa 20 Jahre, Größe circa 1,70 Meter, seine Figur war kräftig. Als Bekleidung trug er Uniformbluse, Stiefelhose, Koppel und Stiefel, wobei ich zu dem Eindruck gelangte, daß die Bekleidungsgegenstände schon einige Zeit in Gebrauch gewesen waren. Neuwertig waren sie auf keinen Fall. Als Kopfbedeckung trug er ein Käppi. Soweit erinnerlich, war seine Gesichtsfarbe nicht auffallend.

Zum Lkw sei noch zu bemerken, daß dieser meiner Meinung nach noch nicht lange in Gebrauch war, auf Besonderheiten habe ich nicht geachtet und kann aus diesem Grunde das Kraftfahrzeugkennzeichen nicht angeben, auch sonstige Besonderheiten, wie zum Beispiel irgendwelche militärischen Bezeichnungen, habe ich nicht gesehen. Bei meinem Vorüberlaufen an der betreffenden Stelle betrug die Entfernung zwischen mir und dem Lkw circa 5 Meter. Unmittelbar darauf, ich war ein Stück weiter in Richtung ›Jägerhaus‹ gelaufen, da fuhr der Lkw an mir in der gleichen Richtung mit einem Soldaten vorüber. Ich schlug dann meinen Weg nach links ein und begab mich, durch den Wald laufend, nach Hause zurück.

Bis etwa gegen 15 oder 16 Uhr des gleichen Tages verblieb ich zu Hause und machte nachdem einen kurzen Spaziergang zu der Stelle, wo der Lkw gestanden hatte. Hier mußte ich die Feststellung treffen, daß sämtliche Erzeimer von der Schneise 7, von der Straße aus rechts gesehen, in eine beziehungsweise zwei Erdvertiefungen abgelagert worden sind. Irgendwelche Gegenstände oder Auffälligkeiten wurden von mir beziehungsweise von meiner Ehefrau, welche mich begleitet hatte, nicht aufgefunden.

Abschließend sei noch erwähnt, daß ich im gesamten Tagesablauf des 16.09.1954 keinerlei Schreie gehört habe, auch von anderen Personen wurde uns diesbezüglich keinerlei Mitteilung gemacht. Am 16.09.1954 war bewölkter Himmel, jedoch tagsüber bis in die Abendstunden fielen keinerlei Niederschläge. Auf die Windrichtung habe ich nicht geachtet.

Hinzuzufügen ist, daß meine Mutter möglicherweise

eine bessere Personenbeschreibung der sowjetischen Soldaten abgeben kann, weil diese durch das Ausleihen unserer Schaufel mit diesen näher in Berührung gekommen ist. Einige Zeit später teilte mir meine Mutter mit, daß die betreffende Schaufel vor dem Eingang des Grundstücks an einem Baum abgestellt worden ist.«

Weitere Angaben kann der Volkspolizist auf Heimaturlaub nicht machen. Ansatzpunkte gibt seine Aussage den Ermittlern im Fall »Susa Bongarz« schon: Ein Lkw hinterließ am Tatort Spuren. Erzeimer, Gefäße, in denen man das gewonnene Gestein transportiert, lagen in Vielzahl neben dem Milchweg im Wald. Ursächlich mit der Gewalttat in Zusammenhang zu bringen, sind die Hinweise des Heinz Schikora nicht. Doch lohnt es sich, ihnen nachzugehen. Und so befragt man auch Mutter Schikora, die die Schaufel an die Soldaten herausgegeben hatte, mit der sie ihren »Zis« wieder auf die Fahrbahn brachten. Zum Täter führt auch ihre Aussage nicht.

Weitere Routine und Vernehmung eines weiteren Zeugen:

»Name:	Schmidt
Vorname:	Hans Joachim
Geb.:	am 19.03.1893 in Lauter
Beruf:	Waldarbeiter.

Er hat am 16. und 17.09.1954 bei der Jägerhausstraße Rinden gesetzt. – Am 16.09.1954 bemerkte er zwei Lkw, voll besetzt mit Angehörigen der Besatzungsmacht, welche, vermutlich aus Richtung Aue kommend, nach dem Jägerhaus fuhren. Besondere Auffälligkeiten waren jedoch nicht feststellbar. Der Zeitpunkt dürfte etwa gegen 15.30 Uhr gewesen sein. Am gleichen Tag sah er noch zwei Pilzsucher, und zwar eine männliche sowie eine weibliche Person im Alter von circa 50 Jahren. Diese liefen auf der Straße aus Richtung ›Jägerhaus‹ nach dem ›Waldhaus‹. Eine Personenbeschreibung konnte nicht abgegeben werden, weil keine besondere

Obacht auf diese gegeben wurde. Am 17.09.1954 war auf der vorbezeichneten Straße ebenfalls nur geringer Straßenverkehr. Wahrnehmungen, welche möglicherweise mit dem Vorgang in Verbindung gebracht werden können, waren nicht zu verzeichnen. Schmidt brachte zum Ausdruck, daß eine gewisse Frau Treuner, Emilie, wohnhaft Lauter, Forststraße 17, gehört hat, daß von einer nicht bekannten Person ein Motorradfahrer in der Nähe des Milchwegs am 16.09.1954 bemerkt worden ist. Soweit ihm erinnerlich, soll es gegen 19 Uhr gewesen sein. Der Kraftfahrer hatte eine dunkelbraune Hose und ein helles Jackett oder umgedrehte Farbstellung an. Außerdem hatte dieser Gummistiefel umgeschlagen nach Bergarbeiterart an. Eine nähere Beschreibung der Person und des Kraftrads war ihm nicht möglich.«

All diese Routine verzeichnet vage Hinweise, manche nur vom Hörensagen, manches sind Vermutungen, manches sind Vorurteile gegen die Besatzer, Nachrede über das Opfer, Kritik an der sozialistischen Gesellschaftsordnung. Auffälligkeiten in den Fahrtenbüchern der Fuhrunternehmen sind nicht festzustellen. Kein Lehrling, kein Hilfsarbeiter, keine Küchenkraft und kein Tourist vermag den Ermittlern Ansatzpunkte für die Aufklärung des Verbrechens zu geben. Gar nichts führt die Kriminalisten auf eine heiße Spur, der 16. September 1954 im Leben von Susa Bongarz ist in den entscheidenden Stunden bislang nicht zu rekonstruieren.

Weitere Routine:

Die Ermittler senden am 28. September 1954 Kleidung der Verletzten an das Bezirkshygiene-Institut, Dresden, Jägerstraße 8, und schreiben: »Es besteht der dringende Verdacht, daß die Geschädigte Bongarz, Susa, bevor sie die schweren Schädelverletzungen erhielt, mit einer oder mehreren männlichen Personen Geschlechtsverkehr gehabt hat. Es wird gebeten, die beigezogenen Kleidungsstücke auf Vorhandensein von Sperma zu untersuchen und gleichzeitig Festlegung zu treffen, ob diese Befleckungen der Unterbekleidung Ausfluß darstellen. In der Anlage werden Ihnen zur Untersuchung folgende Bekleidungsstücke vorgelegt:

- ▹ 1 Pepita-Jackett,
- ▹ 1 lachs-weiß-farbiger Pullover,
- ▹ 1 lachsfarbiger Büstenhalter,
- ▹ 1 lachsfarbiger Strumpfhaltergürtel,
- ▹ 1 Paar zerfetzte Perlonstrümpfe,
- ▹ 1 brauner Kammgarnrock,
- ▹ 1 rosa Unterhemd,
- ▹ 1 rosa Unterkleid,
- ▹ 1 rosa Schlüpfer.

Das Untersuchungsergebnis bitten wir, telefonisch voraus über die BDVP Dresden, Abt. K, MUK, nach der BDVP Karl-Marx-Stadt durchzugeben. Die Bekleidungsstücke werden zu gegebener Zeit von der hiesigen Dienststelle bei Ihrem Institut abgeholt.«

Der Ergebnisse harrt man mit Spannung, doch sollten sie positiv ausfallen, können sie den Verdacht auf ein- oder mehrmaligen Geschlechtsverkehr nur bestätigen. Doch auch ohne Spermaspuren wäre er nicht auszuschließen. Jedoch brächte der Nachweis von Blut und Sperma die Ermittlungen kaum weiter, denn zu damaliger Zeit vermochte man noch nicht, die festgestellte Blutgruppe eindeutig einer Person zuzuweisen. Selbst wenn sie eine Übereinstimmung zeigte, bräuchte man einen der Tat Verdächtigen. Ein Beweis der Tat wäre das nicht.

Weitere Routine:

»Aktenvermerk vom 29.09.1954. Durch den VEB Kraftverkehr Aue wurde nach Überprüfung der Fahrschein-Nummer, welcher bei der Geschädigten vorgefunden wurde, mitgeteilt, daß der Fahrschein am 15.09.1954, 11.15 Uhr, gelöst worden ist. Die Fahrtrichtung war von Aue nach Schneeberg, so daß angenommen werden muß, daß die Bongarz am 16.09.1954 die Kraftverkehrslinie nach Aue nicht benutzt hat.«

Weitere Routine:

»Vom SfS – B –, Schneeberg, wurde zwischenzeitlich festgestellt, daß der Ehemann Bongarz am 15., 16. und 17.09.1954 von 6 bis 14 Uhr zur Schicht im Schacht 64 laufend anwesend war. Weiterhin konnte in Erfahrung gebracht werden, daß bei dem laut Spitzenmeldung des VPKA Aue, Abt. VK [Abteilung Verkehrspolizei], mitgeteilten Verkehrsunfall mit schwerem Personen- und Sachschaden am 16.09.1954 es sich um den Lkw B 3-83-02 gehandelt hat, welcher mit fünf Soldaten der Besatzungsmacht besetzt gewesen ist. Drei Personen befanden sich auf der Ladefläche. Ob Ladung vorhanden war, konnte nicht festgestellt werden. Der Unfall erfolgte durch überhöhte Geschwindigkeit und Trunkenheit des Fahrers. Der Unfallort befand sich zwischen Hundshübel und Schneeberg. Das Kraftfahrzeug soll angeblich aus Richtung Auerbach gekommen sein. Die Bearbeitung des Vorgangs wurde durch die Kommandantur der Besatzungsmacht Aue übernommen.«

»Ein besonderes Sicherheitsrisiko waren sowjetische Soldaten als Teilnehmer am Straßenverkehr. Von Januar 1980 bis Juni 1981 wurden 2.135 Verkehrsunfälle registriert, an denen sie beteiligt waren. In 83,9 Prozent der Fälle hatten sowjetische Fahrer die Unfälle verursacht, 36 Panzer, 68 Schützenpanzer und 1.391 Lastwagen waren beteiligt. 666 Personen erlitten Verletzungen, 69 DDR-Bürger und 36 Sowjetsoldaten wurden getötet. […] Obwohl die sowjetischen Soldaten seit Abschluß des 1955 vereinbarten Stationierungsabkommens formell dem deutschen Recht unterstanden, mußte sich bis zum Tag der Einheit kein Angehöriger der sowjetischen Armee vor einem deutschen Gericht verantworten. […] Vorfälle wurden vertuscht, Untersuchungen behindert, Zeugen eingeschüchtert und Täter eilig in die Sowjetunion versetzt. Als ›erschreckend wie alarmierend‹ bezeichnete die DDR-Militäroberstaatsanwaltschaft 1984 den Umstand, daß von sowjetischer Seite ohnehin nur zwei von zehn Fällen anerkannt wurden. Oft wurden die Opfer verhöhnt und gezwungen, ihre Anzeigen zurückzunehmen.«

Weitere Routine:

»Durch das VPKA Aue wurde der MUK des BDVP Karl-Marx-Stadt mitgeteilt, daß eine Angestellte des Friseurs Döhler, Schneeberg, Adolf-Hennecke-Siedlung, einer dritten, noch unbekannten Person gegenüber zum Ausdruck gebracht habe, daß die Bongarz kurz vor ihrem Verschwinden im Friseurgeschäft gewesen ist und die Absicht gehabt habe, zu einem Vergnügen zu gehen. Das Überprüfungsergebnis steht zur Zeit noch aus.«

Weitere Routine:

»Wie die Überprüfungen durch die SfS-Dienststelle Oberschlema ergaben, kommen für das Kreisgebiet Aue in 2 Garagen der Wismut insgesamt 28 Fahrzeuge in Frage, auf die das gesicherte Profil beziehungsweise die Anordnung der Profile an den Fahrzeugen zutrifft. Nach Überprüfung der Fahrpapiere kommen dafür 4 Fahrzeuge in die engere Wahl.«

Weitere Routine:

»Die von der MUK der BDVP auf dem Zivilsektor angestellten Nachforschungen haben Hinweise auf bestimmte Personen als Täter nicht ergeben. Als einzige Feststellung liegt der Hinweis auf die Besatzung des Lkw vor. Es wird gebeten, entsprechende Nachforschungen zwecks Ermittlungen der verdächtigen Personen durchzuführen und alle noch notwendigen Maßnahmen einzuleiten.«

Weitere Routine:

»Am 29.09.1954 wurde mit dem Staatsanwalt der Besatzungsmacht in Siegmar-Schönau Rücksprache genommen und von dort angeordnet, daß eine Ausfertigung des bisherigen Sachstandes der Akte, einschließlich des Lichtbildmaterials und sämtlicher vorliegender Beweismittel, übergeben werden soll. Eine Weiterbearbeitung erfolgt demnach von dort aus. Ein entsprechender Bericht wurde dem Staatsanwalt der Besatzungsmacht in Siegmar-Schönau am 27.09.1954 übergeben.«

Deuten kann man diese Aktenweitergabe, dass in der Kommandantur der Sowjetarmee der Vorfall so ernst genommen wird, dass man zumindest nach Spuren sucht. Vielleicht wurde auch unter den Soldaten darüber diskutiert. Ob die Offiziere der Besatzungsmacht einen der ihnen Untergebenen decken, bleibt Spekulation. Doch gibt einem solchen Verdacht eine weitere Zeugin Nahrung:

»Vernehmung einer Zeugin: 29.09.1954

Name:	Listner, geb. Talbach
Vorname:	Henriette Dorle Elisabeth
Geb.:	am 16.09.1919 in Schüttelkau/ Polen
Beruf:	BS-Angehörige (B)
Wohnung oder letzter Aufenthalt:	Aue, Thälmannstr. 34.

Zur Sache:

Seit Juli dieses Jahres bin ich im Halbzeugwerk Auerhammer als BS-Angestellte (B) tätig. Am Tage nach meinem Geburtstag, also am 17.09.1954, hatte ich dienstfrei und bin in den Nachmittagsstunden mit meiner 11-jährigen Tochter Renate ein Stück spazieren gegangen. Wir sind von Aue aus über die Bockauer Talstraße in Richtung Bockau gelaufen. Gegen 16.30 Uhr, als wir, auf der Bockauer Talstraße laufend, etwa in Höhe der links der Straße gelegenen Steinbrüche angekommen waren, überholte uns ein Personenkraftwagen, Marke ›BMW‹, von dunkelroter Farbe. Circa 100 Meter entfernt hielt der Pkw auf der, von uns aus gesehen, linken Straßenseite.

Ungefähr zum selben Zeitpunkt sah ich an der, in unserer Richtung gesehen, rechten Straßenseite eine weibliche Person stehen, in deren Standorthöhe der Pkw hielt. Dem Wagen entstieg aus der rechten vorderen Tür ein Soldat in Uniform der Sowjetarmee. Dieser ging quer über die Straße auf die offenbar dort wartende Frau zu, begrüßte sie, hakte sich unter, und beide liefen in unserer Gehrichtung ein ganzes Stück vor uns her. Unmittelbar nach der Begegnung der beiden Personen wendete der Pkw auf der Straße und fuhr in Richtung Aue an uns vorüber und davon.

Da wir etwas schneller liefen als die beiden Personen, überholten wir sie nach kurzer Zeit. Dabei konnte ich verstehen, daß die Frau deutsch sprach. Ich hörte ihre Worte: ›Ich warte schon lange.‹ Den Soldaten hatte ich nicht sprechen hören. Wir gingen dann ein ganzes Stück vor den beiden her, und als wir in Höhe des hinter den Steinbrüchen an der Bockauer Straße links beginnenden Waldes angekommen waren, sah ich im Umdrehen, daß der Soldat und die Frau nach links in den Wald einbogen.

Während unseres Rückwegs und auch Vorübergehens an der Stelle, an der wir die beiden zuerst gesehen hatten, trafen wir sie nicht mehr. Auch in der Folgezeit sah ich sie nicht wieder.

Wenn ich nach der Beschreibung beider Personen befragt werde, so muß ich hierzu folgendes sagen:

Die Frau schätze ich auf etwa 22 Jahre, sie hatte eine schlanke Gestalt und war etwa 1,65 Meter groß. Sie hatte blondes Haar, ziemlich kurz geschnitten, vorn glatt, hinten etwas Krause. Ihr Gesicht war schmal. Sie trug eine nicht genau dreiviertellange Jacke (Sportform) aus braun- oder blau-kleinkariertem Stoff (Pepita-Muster). Sie trug keine Kopfbedeckung, auf ihre anderen Bekleidungsstücke kann ich mich nicht mehr besinnen. Aus ihren wenigen Worten habe ich keine Mundart herausgefunden. Irgendwelche Schmuckstücke habe ich an ihr nicht gesehen. Ich würde diese Frau auf einem Lichtbild oder bei einer Gegenüberstellung sofort wiedererkennen. Irgendwelche besonderen Kennzeichen habe ich an ihr nicht bemerkt.

Das Alter des Soldaten schätze ich auf etwa 24 Jahre. Er war etwa so groß wie ich (1,70 Meter), hatte schlanke Gestalt und längliches Gesicht. Er trug eine Uniform aus brauner Bluse und Stiefelhose mit Stiefel, Leibriemen, auf die Kopfbedeckung kann ich mich nicht mehr besinnen.

Da ich in der Hauptsache mein Augenmerk auf die Frau gerichtet hatte, würde ich den Soldaten auf dem Lichtbild oder bei Gegenüberstellen nicht wiedererkennen. Auch an ihm habe ich irgendwelche besonderen Kennzeichen nicht wahrgenommen. Er trug einfache Schulterstücke von Mannschaftsdienstgrad. Irgendwelche Abzeichen habe ich nicht bemerkt.

Auf der Rückfahrt des Wagens konnte ich bemerken, daß dieser ebenfalls von einem Soldaten in Uniform der Sowjetarmee von Mannschaftsdienstgrad gelenkt wurde. Ich kann diesen Soldaten nicht näher beschreiben, da die Zeit des Vorüberfahrens für eine genauere Betrachtung zu kurz war. Besondere Hinweise in Bezug auf den Wagen kann ich außer der Marke und Farbe nicht geben. Ich vermute gefühlsmäßig, daß dieser Wagen aus der Garage Auerhammer stammt. Er machte einen gutgepflegten Eindruck.

Die Unterhaltung zwischen dem Soldaten und der Frau war in einem ruhigen Tone geführt worden. Auch habe ich an irgendwelchen Gesten beider keine Erregung des einen oder anderen Teiles bemerkt.«

Die Kriminalisten nehmen die Aussage zu den Akten – eine von vielen und ohne Belang –: Susa Bongarz hatte die Zeugin Henriette Listner nicht gesehen.

»Am 30.09.1954, gegen 8.40 Uhr, wurde die MUK des BDVP Karl-Marx-Stadt von der Abteilung K des VPKA Aue fernmündlich davon in Kenntnis gesetzt, daß die geschädigte Bongarz, Susa, laut Meldung des Kreiskrankenhauses Aue am 30.09.1954, 6.15 Uhr, an den Folgen ihrer Verletzungen verstorben sei.

Die MUK begab sich daraufhin nach dem VPKA Aue. Der dortige AK 1, Sachbearbeiter, Gen. Bräutigam, wurde angewiesen, für die Erledigung der erforderlichen Bestattungsformalitäten zu sorgen. Daraufhin wurden der Chefarzt sowie der behandelnde Stationsarzt, Dr. med. Gareis, im Krankenhaus aufgesucht.

Nach eingehender Rücksprache mit Dr. med. Gareis wurde ein Bericht über den genauen Verlauf und die Behandlung der Bongarz im Krankenhaus beigezogen.

Die Bestattungsfirma Schubert in Aue wurde angewiesen, den Leichnam der Bongarz nach dem Pathologischen Institut des Heinrich-Braun-Krankenhauses Zwickau am 30.09.1954 zwecks Obduktion der Leiche zu überführen.

Die Abteilung K des VPKA Zwickau wurde am 30.09.1954 durch VP-Komm. Dommitzsch gegen 14 Uhr fernmündlich beauftragt, das Pathologische Institut beim HBK Zwickau davon in Kenntnis zu setzen, daß für den 01.10.1954, 9 Uhr, eine gerichtliche Obduktion der Leiche der Bongarz anberaumt wird.«

Die gerichtsmedizinische Untersuchung erbringt keine ermittlungsrelevanten Ergebnisse. Die MUK sieht keine Ansatzpunkte, die zu einer Aufklärung des Falles führen könnten. Möglicherweise trugen Soldaten der Sowjetarmee am Tod der Susa Bongarz Schuld. Sie war einundzwanzig Jahre und gerade hierher nach »Deutsch-Wildwest« gezogen. Die Indizien legen nah, dass die Verstorbene ihrem Mörder freiwillig gefolgt und in seinen Lkw gestiegen ist. Ob eine oder mehrere Personen in dem Fahrzeug saßen, ist nicht zu klären. Auch nicht, was zwischen ihnen vorgefallen ist. Die Flaschen mit Alkohol lassen vermuten, dass ein zunächst intimes Beisammensein in einen Gewaltexzess umschlug. Das Geld, das das Opfer bei sich trug, wurde mitgenommen.

Auch wenn das Gesicht der jungen Frau zahlreiche Wunden aufwies, wurde ihre Identität jedoch nicht verschleiert. Ihr Personalausweis wurde bei der Schwerverletzten gelassen. Das Passfoto zeigt eine junge Frau, die auffallend direkt in die Kamera blickt. Ihr schmales Gesicht mit spitzer Nase umrahmt krauses Haar, das bis fast auf ihre Schultern fällt. Die letzten Fotos der jungen Frau sind Tatortfotos und lassen sie kaum mehr erkennen.

Die Ermittlungen im Fall »Susa Bongarz« werden bereits im Oktober 1954, kaum einen Monat nach der Tat, offiziell eingestellt. In die polizeiliche Asservatenkammer gelangen:

- Ein Originalvorgang Tgb.-Nr. 1047/54
- 3 Stück Erzkübel
- 1 Handtasche mit Inhalt (Haarkämme, Geldbörse mit 0,60 DM, Taschenspiegel, Lippenstift)
- 1 grün-schwarz-gemustertes Halstuch
- 1 Stein (blut- und haarbeschmiert)
- 1 Stück Holz (blutbeschmiert mit Haar)
- 1 Absatzeisen mit Nagel
- 1 Weinbrandflasche mit Teilinhalt
- 1 Etikett (Originalflasche Reiterlikör)
- 1 Negativ (Fingerspur Weinbrandflasche)
- 2 Gipsabdrücke (Profilspur Lkw)
- 1 Halstuchspange.

Jahre später soll die Akte ins Archiv der Staatsanwaltschaft. Am 28. April 1959 verfügt ein Sachbearbeiter der Justiz: »Bei der Ermittlungssache Bongarz, Aue-Bockau (1047/54 BDVP – 732/54 Aue), ist zweifellos sehr oberflächlich gehandelt worden. Nachdem der Zwischenbericht eingegangen ist, wurde in dieser Sache lt. Akten nicht mehr gearbeitet. Es ist erforderlich, mit Gen. Reinecker von der MUK eine Aussprache zu führen. Der Unterzeichner hat bei der Aktendurchsicht feststellen müssen, daß sich in oberer Ermittlungssache eine Aussprache erforderlich macht. Nach den Akten ist im Oktober 1954 ein Zwischenbericht erstattet worden, und weitere Ergänzungen sind nicht vorhanden. Wenn die Möglichkeit einer Aussprache besteht, dann wollen Sie den Zeitpunkt durch Anruf mitteilen. Evtl. noch bei Ihnen vorhandene Unterlagen sind mitzubringen. Wiedervorlage bei Erscheinen des Gen. Reinecker.«

Damit gilt das Verfahren als nicht abgeschlossen. Man beschließt, mit der sowjetischen Staatsanwaltschaft im Fall zusammenzuarbeiten. Die Möglichkeiten weiterer Ermittlungen werden diskutiert. Am 5. Mai 1959 erklärt der Staatsanwalt abschließend:

»Aussprache ist mit Gen. Grünbeck von der BDVP erfolgt. Das mangelhafte Ergebnis wird dort ausgewertet. Gegenwärtig sind jedoch weitere Ermittlungen (Staatsanwalt der SU) ohne Aussicht auf Erfolg.

1. Da eine Anforderung von Effekten nicht erfolgte, verbleiben diese weiterhin in den Akten.
2. Noch keine Ablage im Archiv. Akte ist in der Abteilung aufzubewahren. Die Aufbewahrung hat bis 1964 (geändert 1961) zu erfolgen.«

Heute bewahrt die Akte »Susa Bongarz« das Sächsische Staatsarchiv in Chemnitz.

Es ist ein unerbittliches Gesetz, das Tage an Tage, Wochen an Wochen, Monde an Monde und Jahre an Jahre reiht. Keine Stunde, keine Sekunde darf stehen bleiben; sie geht, sie muß gehen, um der nächsten Raum zu geben, und mit ihnen geht der Mensch mit seinem Denken und Treiben, hinauf oder hinunter, bergan oder bergab, unaufhaltsam und ohne Stillstand, gezogen und getrieben von den guten oder schlimmen Gewalten, denen er die Herrschaft über sich einräumt. Und dieses Steigen oder Sinken des Menschen, es ist mit seinen inneren und äußeren Erfolgen nicht nach kurzen Zeitspannen bemerkbar; seine Wirkungen wachsen stetig und langsam aus sich heraus, und erst nach Jahren tritt die Veränderung zu Tage.

Karl May: »Der Gifthainer«

Im Herbst 2002 sendete der »MDR-Sachsenspiegel« Folgen, die von alten Kriminalfällen und ihren »Vergessenen Akten« erzählten. Ein Zuschauerbrief forderte: »Am 17.11. widmete sich der Beitrag dem Fall einer jungen Frau, welche verletzt in der Nähe von Lauter/Sa. gefunden wurde. Bitte nehmen Sie zur Kenntnis: 1. In Aue existierte nie ein Bergarbeiter-Krankenhaus. 2. Ein FDJ-Kaufhaus gab es in Aue nie, allerdings ein ›Kaufhaus der Jugend‹. Welche Aufklärungsquote die DDR-Kripo mit einer Qualität der Ermittlung, vergleichbar Ihrer Recherche zum Beitrag, erreicht hätte, sollten Sie selbst beurteilen.«

Die Antwort der Redakteure (wie die des Autors) ist: Das veröffentlichte Vokabular wurde aus den Akten zitiert und lässt keine Rückschlüsse auf die Gründlichkeit der kriminalpolizeilichen Arbeit wie der der Journalisten zu.

Auch Helmut Bongarz meldete sich auf die Veröffentlichung. Witwer und die Mutter des Mordopfers, Amalie Woyk, baten bereits zwei Monate nach der Tat die ermittelnden Behörden um Auskunft über den/die Täter und bekamen Folgendes zur Antwort: »In Beantwortung Ihres Schreibens vom 01.11.1954 teilen wir Ihnen mit, daß der Vorgang seitens der MUK der BDVP Karl-Marx-Stadt als aufgeklärt und abgeschlossen gilt. Aufgrund der damit verbundenen Komplikationen können wir Ihnen leider keine Täterbenennung einschließlich des Tatmotives übermitteln. Wir bitten Sie, uns entsprechendes Verständnis entgegenzubringen.«

VP-Kommissar Domscheidt von der Bezirksbehörde DVP Karl-Marx-Stadt, Abteilung K, MUK, schreibt an Amalie Woyk:

»Eine schriftliche Erläuterung über den Ablauf der Tathandlung kann leider nicht erfolgen, weil wir genötigt sind, die dienstlichen Vorschriften einzuhalten. Zu erwähnen sei, daß der Todesfall Ihrer Tochter Bongarz, Susa, von der Mordkommission gemeinsam mit einer Kommission der Besatzungsmacht in Bearbeitung war. Über die Einzelheiten des Ermittlungsverfahrens und der damit verbunden gewesenen Schlußfolgerungen kann, so leid es uns Ihnen gegenüber tut, keine Auskunft erteilt werden.

Die von uns als Beweismaterial beschlagnahmten Gegenstände Ihrer Tochter sind zwischenzeitlich zuständigkeitshalber dem VPKA Aue, Abteilung K, zwecks Aushändigung an Ihren Schweigersohn übergeben worden. Die Gegenstände sind, rechtlich gesehen, sein Eigentum, so daß wir Ihrem Wunsch nicht entsprechen können, diese zuzusenden. Eine persönliche Regelung der Dinge Ihrerseits mit Ihrem Schwiegersohn liegt in keinem polizeilichen Interesse. Abschließend möchten wir Ihnen nochmals unser herzlichstes Beileid für den tragischen Tod Ihrer Tochter zum Ausdruck bringen.«

Akte und die kriminalpolizeilichen Schreiben lassen den Schluss zu, dass der/die Mörder Susa Bongarz' Angehörige der Soldaten der Sowjetarmee gewesen sind. Offensichtlich haben die Organe der Besatzungsmacht schnell die Schuldigen am Tod der jungen Frau überführen können und den deutschen Ermittlern darüber Meldung gegeben. Deren nebulöse Antwortbriefe an die Familie des Opfers verschweigen Fakten diesbezüglich. Doch stellte die zuständige Staatsanwaltschaft in Karl-Marx-Stadt erstaunlich und für ein Gewaltverbrechen unüblich schnell ihre Ermittlungen ein, was die genannte These solcher Täterschaft unterstützen könnte. Zweifel bleiben.

Die Zweifel und Unzufriedenheit darüber blieben auch Helmut Bongarz. Im neuen Deutschland fasst der Witwer Hoffnung und Vertrauen zur Demokratie und zu Gesetzen, die ihm Gewissheit schaffen können. Er schickt am 27. August 1990 an die nun zuständigen Behörden in Kopie die ehedem erhaltenen Schreiben, »aus deren Inhalt Sie entnehmen können, warum ich mit der Auskunft nicht einverstanden bin. Meine Forderungen lauten:

1. Mitteilung über den genauen Tatablauf und Täterbenennung.
2. Zurückerstattung der Unkosten, die mir durch den Mord an meiner Frau entstanden sind. Es kommt eine Gesamtsumme von 7.000,- DM in Betracht.

Ich hoffe, daß mein Anliegen bearbeitet wird, auch wenn es 36 Jahre zurückliegt, denn Morde verjähren ja bekanntlich nicht. Sollten Sie meine Forderung (P. 1.) ablehnen, bitte ich Sie, mir mitzuteilen, an wen ich mich wenden muß. Betr. P. 2. muß ich erst wissen, wer meine Frau ermordet hat.«

Die Staatsanwaltschaft des Bezirks Chemnitz antwortet:

»Leider stehen uns zu dem Verbrechen, auch in den Archiven des Bezirksstaatsanwaltes, keine Unterlagen zur Verfügung. Die Aufbewahrungsfristen bei der Volkspolizei für entsprechende Vorgänge betragen 10 Jahre. Erschwert wird die Suche nach den Akten dadurch, daß uns der Name des Täters nicht bekannt ist.

Da die Tat wahrscheinlich durch Angehörige der Besatzungsmacht begangen wurde, haben wir zunächst den Militäroberstaatsanwalt der DDR eingeschaltet. Völlig offen ist, ob es zu einer gerichtlichen Verurteilung des Täters kam. Wir sind bemüht, Ihnen die Ihnen zustehenden Informationen zu verschaffen, müssen Sie jedoch aus den angeführten Gründen um Geduld bitten. Betrachten Sie dieses Schreiben bitte als Zwischenbescheid.«

Nach Helmut Bongarz' »Eingabe an den Herrn Ministerpräsidenten des Freistaates Sachsen« antwortet ihm der Landespolizeipräsident am 29. Januar 1993:

»Sehr geehrter Herr Bongarz,
nachdem ich den Inhalt Ihres Schreibens mit persönlicher Betroffenheit zur Kenntnis genommen habe, kann ich Ihnen nunmehr folgendes mitteilen.

Die von mir angewiesene Nachsuche nach Unterlagen der Morduntersuchungskommission der vormaligen Bezirksbehörde der Deutschen Volkspolizei in Chemnitz (vormals Karl-Marx-Stadt) zum von Ihnen dargestellten Sachverhalt blieb erfolglos.

Weiterhin habe ich feststellen lassen, um welche Angehörigen der ehemaligen Deutschen Volkspolizei es sich bei den Mitarbeitern dieser Morduntersuchungskommission handelt, die im fraglichen Zeitraum dort ihren Dienst verrichteten. Da diese Polizeibediensteten aber zwischenzeitlich alle verstorben sind, ist eine Befragung nicht möglich.

Wie aus den von Ihnen übersandten Unterlagen hervorgeht, erfolgte die Bearbeitung des Mordfalles durch die Morduntersuchungskommission und durch eine Kommission der Besatzungsmacht. In solchen Fällen lag die Aktenhoheit regelmäßig bei der Besatzungsmacht. Mit an Sicherheit grenzender Wahrscheinlichkeit ist dies auch in diesem Fall so gewesen. Somit bleibt mir nur festzustellen, daß die Klärung Ihrer Fragen, sehr geehrter Herr Bongarz, im Bereich der Polizei nicht möglich ist.

Eine weitere Chance zur Klärung der Sie bewegenden Fragen sehe ich in einer Anfrage an den Sonderbeauftragten der Bundesregierung für die personengebundenen Unterlagen des ehemaligen Staatssicherheitsdienstes, Postfach 1199, O-1086 Berlin, durch Sie als Betroffenen.

Es besteht die theoretische Möglichkeit, daß die Polizeiorgane den Vorgang an das ehemalige Ministerium für Staatssicherheit übergeben haben. In Ihrem Schreiben sollten Sie auf die besondere Eilbedürftigkeit, die sich aus den aus Ihrem Brief genannten Umständen ergibt, hinweisen.

Ob eine Erstattung der von Ihnen genannten Unkosten in

Höhe von 7.000,- DM noch möglich ist oder ob eventuelle Ansprüche bereits verjährt sind, läßt sich erst prüfen, wenn Sie diesen Betrag uns gegenüber aufschlüsseln.«

Damit grüßte freundlich der Landespolizeipräsident Sachsens. Aufklärung und Geld hat Helmut Bongarz nie erhalten. Erst durch den Fernsehbeitrag erfuhr er vom Vorhandensein einer Akte zum Mordfall. Die bewahrt das Sächsische Staatsarchiv in Chemnitz. Helmut Bongarz hat sie zehn Jahre nach dem Briefwechsel und achtundvierzig Jahre nach dem Tode seiner Frau einsehen können.

Die Vorzüge der Demokratie werden in der Regel durch die Diktatur der Verwaltung konterkariert.

Olaf Dudek

Easy Rider auf Schwalbe und Star

Ende einer Mondscheinfahrt, Lohmen 1975

Die Luft war weich, die Sterne so schön, das Versprechen jeder Kopfsteinpflastergasse so groß, dass ich dachte, ich wäre in einem Traum.

JACK KEROUAC: UNTERWEGS (1957)

Phantastisch! Auf einem Motorrad flog der Held über die sozialistische Großstadt und entdeckte dabei die Liebe – ein Theaterereignis. Rosa Laub war die erste deutsche Rockoper und erlebte am 6. Juli 1979 im Volkstheater Rostock ihre Uraufführung. Musik: Horst Krüger. Das Libretto der Dramaturgin Waldtraut Lewin entstand nach ihrer Erzählung »Wie Karel auf dem blauen Motorrad zu *Rosa Laub* fuhr« (1974): Karels Familie ist an den Stadtrand in den Komfort der Platte gezogen. Der Pubertierende sucht im neuen Umfeld Freunde und die große Liebe. »Ein blaues Motorrad, das den Namen Usambara trägt, spielt eine große Rolle. Einem Vogel gleich erhebt es sich mit Karel in die Lüfte, um über der Stadt zu fliegen. Und seine Liebste, das Blumenmädchen Rosa Laub, erscheint ihm in dreifacher Gestalt«, lasen die Zuschauer, als die Aufzeichnung des Theaterspektakels 1981 im TV gesendet ward, in der *FF dabei*, der einzigen DDR-Fernsehzeitung. Phantasievoll zeigt die Oper Wünsche und Träume eines Heranwachsenden, die heute keine anderen sind: einen Partner, der die eigenen Gefühle erwidert, ein Zuhause und ein Moped, das unabhängig macht und womit man unbeobachtet an die Stellen gelangt, wo man die Kindheit endlich hinter sich lassen kann.

Wenn man vierzehn ist, kanns einem gehen
wie im schlimmsten Film, ein großes Wehen,
schüttelt jeden Tag und man sucht nichts wie Halt.
Wenn man vierzehn ist, kanns einem gehen
Wie vor einer Tür, durch kann man sehen
Und man könnte rein und zählt doch nicht dazu.

BARBARA THALHEIM: »ALS ICH VIERZEHN WAR«

Seit je haftet Moped und Motorrad das Attribut des Erwachsenseins und -werdens an. Bereits mit fünfzehn Jahren konnte man dafür den Führerschein erlangen, so man einen Platz in der Fahrschule ergatterte und theoretische wie praktische Prüfung bestand. Ein eignes Moped bewies, dass man nun zu den Großen gehörte, und zeigte allen die Unabhängigkeit vom Elternhaus. Ein sichtbarer Unterschied zu jenen Gleichaltrigen, die noch immer nicht das Kindsein hinter sich gelassen hatten. Das Motorrad fuhr mit einem in die Erwachsenenwelt, war Wagnis und lang ersehntes Statussymbol. In vielen Büchern und Filmen der DDR fuhr aufmüpfige Jugend Motorräder.

Nach authentischen Ereignissen frei gestaltete Richard Groschopp seinen Film über *Die Glatzkopfbande* (1963). Er nahm Vorkommnisse des Jahres 1961 am Strand im Seebad Bansin zum Anlass und interpretierte diese parteilich korrekt. Ein Film, »der seine erzieherischen Absichten unverhohlen vorträgt und die Rowdys als Mitglieder einer schlampigen Maurerbrigade ausweist. Das Fehlverhalten der Jugendlichen wird weitgehend durch Westeinflüsse wie Brutalofilme und Fremdenlegion erklärt.« Ihre Haare rasieren sich die Knaben ab, um wie ihr Idol Yul Brunner auszusehen. Gleich einem Heuschreckenschwarm bedrohen sie mit ihren Motorrädern friedliche Urlauber und drangsalieren sie auf dem Zeltplatz mit Rockmusik und renitenten Sprüchen. Der ABV hat schwer zu tun, diesem Treiben Einhalt zu gebieten. Die von den Jungs gefahrenen Jawas waren Kult. »Wenn schon keine *Harley*, dann zumindest eine *Jawa* wie die *Glatzkopfbande!*«

Der Gründer der JAWA-Motorradproduktion war Ing. Frantisek Janeček im Jahre 1929. Als Besitzer einer Munition- und Waffenfabrik erwarb er die Lizenz zur Produktion von Motorrädern mit 500 cm³ von der Wanderer-Werke AG in Schönau/Chemnitz. Aus den Anfangsbuchstaben der Namen Janeček und Wanderer entstand der Markenname JAWA. Produktionsort wurde Týnec nad Sázavou. In Deutschland wurden die neuen Typen der Jawa 250 und Jawa 350 auf der Leipziger Frühjahrsmesse 1949 präsentiert und stellten konstruktiv wie formgestalterisch moderne Motorräder dar. Die angegebene Höchstgeschwindigkeit lag bei 105 km/h. Ab 1968 erfuhren die Modelle eine Auffrischungskur mit modernisiertem Design als Jawa-Californian. Diese besaßen einen breiteren und höheren Lenker, der Auspuff lag höher als Hinterachse und die Motorleistung war um etwa 60 % gesteigert. Der Volksmund sprach von einem Mustang.

MOTORRADONLINE

Der rebellische Nimbus des Zweirads, er hielt sich, doch die Fahrer ließen sich in einem gesellschaftlich gewollten Sinne auch zähmen. *Motorradhelden – Dem Tempo verfallen* (1964) hieß ein frühes Werk des Kinderfilmregisseurs Rolf Losansky: »Ein Zeichentrick-Spatz, ins Bild kopiert, gibt seine Kommentare zum Geschehen. Viele Väter warten in der Säuglingsstation auf die Geburt ihrer Kinder – der spätere Motoradheld ist dabei der Schnellste, und seine Ankunft wird von seinem Vater gebührend gefeiert. Im Alter von zwei Jahren sorgt die große Schwester Gisela für Tempo, indem sie den Kinderwagen übergebührend zügig durch die Straßen schiebt. Und mit acht Jahren ist er auf dem Roller der Schreck aller Hühner der Umgebung. Als Jugendlicher macht er auf dem Motorrad mit einer Gruppe Gleichgesinnter die Gegend unsicher. Man kommt nicht gegen ihn an. Da bittet der Spatz die hübsche Verkäuferin, Lockvogel auf der Straße zu spielen, um den Raser zu ›beruhigen‹. Er sieht sie, veranlaßt sie, sich cliquenmäßig umzuziehen, und läßt sie hinter sich aufsitzen. Der Walzertakt ihres Radios bestimmt zunächst den Rhythmus der Gruppe, aber in der Stadt zieht das Tempo kräftig an, was sie veranlaßt, ihn zu bitten, langsamer zu fahren. Er verzichtet auf ihre Gesellschaft. Erst im Krankenhaus, wo er unweigerlich landet, nimmt er sich vor, sie zur nächsten, weniger rasanten Fahrt einzuladen. Und ihr Geständnis, daß sie ein Kind von ihm erwartet, läßt den künftigen Vater langsamer fahren – auch später mit dem Sohn im Beiwagen.«

Horst Beselers *Käuzchenkuhle* (1965) war Pflichtlektüre im sozialistischen Schulsystem der Klassenstufe 6, unangepasst und spannend: »Schraubes Zündapp war ein Unikum. Mindestens dreißig Jahre alt, hielt sie die Mitte zwischen einem Fahrrad und einer Gasanstalt. Der Lenker war geschwungen wie ein Kinderwagengriff; auch hatte er gewisse Ähnlichkeiten mit dem Schloßgeländer von Glindenow. Unzählige Hebel und Hebelchen machten die Konstruktion des Motorrades noch verwirrender. Woher das Vehikel kam, wußte niemand genau. Fest stand nur, daß es zeitweise Schraubes älterem Bruder gehört hatte, der jetzt bei der Armee diente. Der Bruder hatte die Zündapp eigentlich mehr als Spaßvergnügen zusammengebaut und sie Schraube überlassen, nachdem er selbst in den Besitz einer modernen Jawa gekommen war. So bildete die Maschine nun das Prunkstück von Schraubes metallischer Sammlung. Er hatte sie sorgfältig geputzt. Die Roststellen waren mit Petroleum abgerieben, die Lager geschmiert, die Reifen aufgepumpt. Den ehemals defekten Lauf der Treibstoffleitung überbrückte jetzt ein dicker silberner Metallschlauch. Sogar das Licht funktionierte, wenn auch sehr kläglich. Die Zündapp war der Götze, den Schraube anbetete. Doch wie alle Götzen arbeitete er nicht. Eingekleidet in überreichliche Politur, wartete das Monstrum auf den Tag, an dem der Motor noch einmal losbellen würde. Außer Schraube glaubte kein Mensch an diesen Tag.«

*Die **Zünd**er-**App**aratebau-Gesellschaft m. b. H., später Zündapp-Werke GmbH, war in der Zeit von 1921 bis 1984 einer der großen deutschen Motorradhersteller, er wurde 1984 komplett nach China verkauft. Seit 2017 werden wieder Zündapp-125ccm-Motorräder in Deutschland vermarktet. Die Marke steht für hochwertige Fahrzeuge mit kraftvollen Triebwerken und herausragender Qualität.*

ZÜNDAPP-WERBUNG

Schraube heißt Werner Helmchen und ist seinem Motorrad verfallen. Nachvollziehbar schilderte Horst Beseler Sehnsüchte und Empfindungen pubertierender Knaben. Ein Motorrad zu fahren, gar eines zu besitzen, war ein Traum, den nicht nur die Jungen vom Lande träumten. Mit einem Motorrad konnte man dem Lamento der Erwachsenen entfliehen, fühlte sich volljährig vor der Jugendweihe und dem Abschlusszeugnis der Klasse 10. Außerdem verschaffte solcher Feuerstuhl Schneid bei Mädchen und verkürzte die Wege zur Disco und zum Klubhaus. Trat man im Rudel auf, standen ältere Generationen still am Straßenrand und schüttelten den Kopf.

Motorrad und Filmkunst wurden europa- und überseeweit zum Kult: Brigitte Bardot sitzt in *Die Wahrheit* (1960) hinterm schmucken Fahrer auf. *Eins, zwei, drei*-Held Horst Buchholz überwindet 1961 am Brandenburger Tor mit schwerem Motorrad die Grenze Ost/West. »I will be back!« *Der Terminator* kommt zum *Tag der Abrechnung* (1991) auf phantastischer Maschine. *Die Reise des jungen Che*

(2004) endet in der Revolution. Bei *Teufelskerle auf heißen Feuerstühlen* (1971) und *Harley Davidson und der Marlboro-Mann* (1991) sagen die Titel alles. *Ghost Rider* (2007) zitiert den Motorradkult an sich: Es war Peter Fonda, Dennis Hopper und Terry Southern nicht bewusst, was sie mit ihrem Trip der *Easy Rider* (1969) schufen. Aufnahmen verliefen nicht nach festem Drehbuch, sondern waren meist Improvisationen zum Thema. Doch die trafen genau den Nerv der Zeit. »Manche Filme haben nicht das Ziel, eine Message zu verbreiten oder eine komplexe Geschichte zu erzählen, manche wollen einfach nur ein Lebensgefühl für die Ewigkeit festhalten. *Easy Rider* tut genau das, er fixiert den Freiheitsgedanken der US-Amerikaner in der Mitte des letzten Jahrhunderts. Der Film erzählt eine eher absichtslose Episode aus dem Leben zweier Biker, die tragisch und letztlich bedeutungslos endet. Hier geht es nicht um Vergangenheit und Zukunft, selbst die zitierten Ereignisse der Landes- und der Weltpolitik haben keine Auswirkungen auf die Absichten und Handlungen der Protagonisten, für das Leben der Figuren, es dreht sich alles nur ums Hier und Jetzt.« Der Progress-Filmverleih ließ die Bürger der DDR *Easy Rider* niemals sehen, doch die Filmkunsttheater und Strandkinos der Bruderländer unterlagen nicht dieser Zensur. *Easy Rider* lief dort vor großem Publikum und ward heiß diskutiert. »Auch wenn wir den Film nicht kannten, wir wollten Chopper! Auf möglichen und unmöglichen Wegen haben wir uns das Zubehör verschafft, getunt, getrickst und sind gefahren.«

»Sie haben keine Angst vor dir, sie haben Angst vor dem,
was du repräsentierst.«
»Das, was wir für sie repräsentieren ist nur jemand,
der sich nicht die Haare schneidet.«
»Oh nein, nein, was du für sie repräsentierst, ist Freiheit.«
»Was haben sie denn gegen Freiheit,

darum dreht sich doch alles.«

»Jaja, das ist richtig, darum dreht sich wirklich alles. Aber von Freiheit reden und wirklich frei sein, das ist nicht dasselbe.«

AUS: EASY RIDER (1969)

Nicht immer waren Motorräder Synonym für eine rebellische Jugend, aber erstaunlich oft sind sie bei Heranwachsenden im DDR-Krimi Mittel zum Zweck, wie Beispiele zeigen: *Die Clique* (1961) von Siegfried Dietrich ist westlich orientiert, und die Täter müssen ihr teures Fluchtfahrzeug der Polizei überlassen, die ihnen dadurch auf die Schliche kommt. – *Der gute Onkel Arthur* (1965) des Autors Wolf D. Brennecke überredet Jugendliche, Telefonzellen und Kioske auszuplündern. Auf die Frage, warum er das denn getan habe, antwortet einer der überführten Jungen: »Ich wollte ein Moped haben.« Auch sein Vater ist erschüttert: »Dann hättest du doch etwas sagen können! Bei entsprechenden Leistungen in der Schule und einwandfreiem Benehmen hätten wir es dir gekauft.« – In der »Polizeiruf 110«-Folge 16, *Freitag gegen Mitternacht* (1973) von Autor Heiner Rank, verursacht der Erpresser mit einem gestohlenen Motorrad einen Unfall. – *In Die letzte Fahrt* (1975) von Walter Niebuhr endet die Eifersucht Jungverliebter im aufgeblendeten Licht eines Scheinwerfers: Das Motorrad wird zur Mordwaffe. – *Drei Flaschen Tokaier* (1980, verfilmt als »Polizeiruf 110«-Folge 131, 1989) lassen die verliebten Kumpels so mit sich beschäftigt sein, dass der Mörder unter ihnen sie als Alibi benutzen kann. – Vom gleichen Autor, Klaus Möckel, stammt auch der Roman *Hass* (1981): Beim Nachhauseweg auf nasser Straße hat die fünfundfünfzigjährige Roswitha Henneberg einen Unfall mit ihrem Moped. Im Krankenhaus wacht sie auf und kann sich an ein hassverzerrtes Gesicht hinter einer Motorradbrille erinnern, das sich über sie beugte. Ein Seil hatte jemand über die Straße gespannt, der Unfall war versuchter Mord. – *Geisterfahrer*

(1989) Uwe fährt in Folge 128 der TV-Reihe »Der Staatsanwalt hat das Wort« angetrunken auf seinem Motorrad dem Taxi, in dem Jeanette, seine Verlobte, sitzt, hinterher und verursacht einen schweren Verkehrsunfall. – *Kassensturz* (1988) von Rainer Rönsch: Tschilp, ist hiefrig, klein und ungelitten. Mangels Finanzen plant er einen Überfall auf den Tabakhändler Walter Mahlert, dessen Einnahmen freitags besonders hoch sind. Doch verschwindet der alte Mann nach dem Geschäftsschluss zunächst im Blumenladen, und auf der Straße sind Bekannte, Tschilp kann zur Tat nicht schreiten, denn sein geplantes Opfer erleidet einen Unfall durch ein ETZ-Motorrad. Der Fahrer begeht Fahrerflucht. Der betagte Tabakhändler stirbt, seine Aktentasche mit dem Geld ist weg. Tschilp konnte aus seinem Versteck das Fahrzeugkennzeichen erkennen und will den Täter nun erpressen. – Die MZ ETZ ist auch das Statussymbol der Gang, die in »Polizeiruf 110«-Folge 155 und den Wendewirren am *Tod im Kraftwerk* (1993) beteiligt ist.

Die MZ ETZ war das am meisten verbreitete Modell aus dem Motorradwerk Zschopau. Es handelt sich um zwei prinzipiell unterschiedliche Modelle: die kleine Baureihe mit 125- oder 150-cm³-Motor und um die große Baureihe mit 250- oder 300-cm³-Motor. Beide Modelle unterschieden sich unter anderem im Fahrwerksaufbau und wurden zeitweise gleichzeitig gebaut. Charakteristisch für die ETZ war die erstmalige Verwendung von Getrenntschmierung für den Export, für die heimischen Käufer blieb es bei der Gemischschmierung, sie besaß Scheibenbremsen und 12-Volt-Elektrik. Wie alle Zweitakt-MZ zeichnete sie sich durch sehr elastische Motoren, ein sehr gutes Fahrwerk und hohe Wirtschaftlichkeit aus, weshalb sie schon vor 1990 auch außerhalb der DDR, zum Beispiel auf den britischen Inseln, große Beliebtheit erlangte.

OSTMOTORRAD.DE

Motorräder, abgestellt am Straßenrand und an der Garage, machen keinen Sinn. Feuerstühle müssen gefahren werden. Voraussetzung ist Fahrerlaubnis, Training, Mut und die Beherrschung der Maschine. Im Gegensatz zu geraden ebenen Strecken fordern Kurven, Berge und Täler besondere Fahrkünste heraus. »Wenn du in eine Kurve einfährst, ist es wichtig, so schnell wie möglich die Kurve zu überblicken. Wenn zum Beispiel unerwartet Gegenverkehr auftritt, musst du als Motorradfahrer schnell und richtig reagieren können. Dabei spielt die eigene Position auf der Straße eine wichtige Rolle. Regel Nummer 1 ist, dass du auf jeden Fall auf deiner Straßenseite bleiben musst. Das klingt logisch, wird jedoch in der Praxis manchmal ignoriert, um eine spektakulärere Kurvenlage hinzubekommen. Die eigene Straßenseite in einer engen Kurve bei ansteigendem Gefälle zu verlassen, ist besonders riskant.« Für Steigungen und Gefälle gilt: »Wenn du einen Berg hinauffährst, versuche, die Geschwindigkeit zu halten. Droht der Motor ›abzusaufen‹, kann dir die Kupplung übrigens nicht wirklich helfen. Die Kupplung kann bei langsamer Fahrt steil bergauf für den abrupten Stillstand deines Motorrads sorgen. Die Gefahr, dann das Gleichgewicht auf einem steilen Anstieg zu verlieren, ist relativ groß. Daher solltest du in so einer Situation, statt hastig zu kuppeln, lieber die Hinterradbremse benutzen. Danach kannst du dich in aller Ruhe in eine gute Position bringen. Wenn du einen Hügel oder Berg hinabrollst, solltest du die Vorderradbremse benutzen, weil dein Hinterrad dann weniger Grip hat. Mit der Hinterradbremse müsstest du viel stärker bremsen, um den gewünschten Effekt zu erreichen. Insgesamt ist es bei Talfahrten ratsam, nicht zu oft Gebrauch von der Vorderbremse zu machen, um zu vermeiden, dass sie überhitzen. Lieber einen Gang zurückschalten und dem Motor die Arbeit überlassen. Sollten sich häufige Bremsungen während der Fahrt bergab nicht vermeiden lassen, halte den Bremshebel der Vorderradbremse im Stillstand nicht gezogen. Durch den ständigen Temperaturunterschied bzw. die wechselnden Abkühlungen können sich die Bremsscheiben verziehen. Bei Stillstand auf abschüssiger Piste empfiehlt sich eher die Hinterradbremse.« Das sind Herausforderungen, denen sich jeder Motorradfahrer gern stellt. Nicht nur die Alpen, auch die Sächsische Schweiz bietet diese in besonderem Maße.

Vier Räder bewegen den Körper, zwei Räder bewegen die Seele.
Biker-Weisheit

Das Meißnische Hochland oder das Bergland über Schandau liegt die Elbe flussaufwärts, vor der Residenz Dresden. Dort »erstreckt sich eine urtümliche Mittelgebirgslandschaft mit Bergen, Felsen und Schluchten, die noch vor 200 Jahren als unzugänglich galt. Nachdem zwei Schweizer Maler am Ende des 18. Jahrhunderts deren besonderen Reiz entdeckt hatten, der sie an ihre Heimat erinnerte, bekam sie ihren Namen: Sächsische Schweiz. Sie ist zweifellos eine der ungewöhnlichsten Landschaften Deutschlands – und seit fast 200 Jahren ein beliebtes Erholungsgebiet. Ausflugsziele wie die Festung Königstein, die Bastei, der Lilienstein, der Kurort Rathen mit der Felsenbühne sind weithin bekannt. Die Landschaft beeindruckt nicht nur durch das gewundene Tal der Elbe, sondern vor allem durch die Steinfelsen, die in bizarrsten Formen aus den bewaldeten Hängen ragen, die freistehenden Felsnadeln und die majestätischen Tafelberge, die zerrissenen Felsreviere, die tief eingeschnittenen Täler und Schluchten.«

Mit der Motorisierung des Landes erkannte man sehr bald die Potenzen des Gebirges und baute Fahrbahnen durch die Sächsische Schweiz. »Die Wartbergstraße von Polenz bis zur Hocksteinschänke wurde 1922 fertiggestellt und setzte Maßstäbe durch ihre Kurven, Wald und Höhenunterschiede. Auch deshalb wählten Enthusiasten die Strecke für

Wettkämpfe. Am 30. Mai 1926 fand das *1. Hohnstein-Rennen* statt. Mehr als 10.000 säumten den Kurs. In Regelmäße fanden diese Wettfahrten statt, so dass beschlossen wurde, diese Straßen zum Deutschland-Ring auszubauen. Mindestens 1.000.000 Zuschauer sollten Sicht erhalten. 250.000 Parkplätze waren geplant. 1939 schloss man die Arbeiten ab und weihte die Strecke am 26. April ein: 10 Kilometer Rundkurs, 12 Meter Fahrbahnbreite. Bei Hohburkersdorf war der Start: 2 Kilometer lang und 24 Meter breit. Den Ort überquerte eine 12 Meter hohe Brücke. 532 Höhenmeter waren zu überwinden. Die größte Steigung bargen die 16 Serpentinen vom Polenztal zum Hockstein. 35 Kurven gab es insgesamt, die engste besaß einen Radius von 15 Meter. All die Kurven konzipierten Fachleute mit der maximal zulässigen Straßenneigung, so dass Höchstgeschwindigkeiten ohne Gefährdung möglich wurden. Für den Oktober 1940 war auf dem Kurs der *Große Preis von Deutschland* geplant. Die Elite der Piloten trainierte: Hans Stuck, Manfred von Brauchitsch, Ulrich Bigalke. Firmen testeten ihr Material. Der Beginn des Zweiten Weltkriegs ließ nicht mehr starten. Im Nachkriegsdeutschland vergaß man Strecke und Führung. Nicht nur Motorradfahrer entdecken sie wieder.« Ein Biker-Paradies.

Natürlich sind auch die Einheimischen vom Motorradfahren fasziniert, zumal in ihrer Jugend. Jens Kren und Mario Wernicke sind fünfzehn und sechzehn Jahre alt, der eine Schlosserlehrling im ersten Lehrjahr, der andere Schüler der 9. Klasse, der gerade seine Prüfungen hinter sich hat. Sie wohnen in Lohmen, einer Gemeinde, die als das »Tor zur Sächsischen Schweiz« gilt. Die Hauptstraße des Ortes führt zum Ausflugsfelsen der Bastei. Die Serpentinen der ehemaligen Rennstrecke liegen quasi vor der Haustür. Es ist das Jahr 1975, dieses haben die Vereinten Nationen zum Internationalen Jahr der Frau ausgerufen, doch die Kinder denken wie sonst auch kaum an ihre Mütter. Vor ihnen liegen die großen Ferien. Der Wonnemonat Mai ist die Zeit letzter Klassenarbeiten und die der Zensuren-Konferenzen im pädagogischen Rat. Zumeist ist die Wissensvermittlung fürs Schuljahr längst abgeschlossen. Die Schulstunden sind weniger öde. Hausaufgaben gibt es selten. Freizeit und Muße besitzt der Jugendliche nunmehr.

Teufel, ist das eine Höllenmaschine!
Opa Lindstedt

In Lohmen dreht man derzeit die Fernsehserie »Die Lindstedts«. Die zeigt neben einem turbulenten Familienleben Tücken und Gemeinsinn sozialistischer Landwirtschaft vor der malerischen Naturkulisse. Schauspielstars der DDR wirken in den sieben Folgen mit: unter anderem Günter Grabbert, Helga Raumer, Armin Mueller-Stahl, Carola Braunbock, Uta Schorn. Die Tageszeitung für die Landbevölkerung, das *Bauernecho*, voll des Lobes: »Gut geschrieben, gut inszeniert, blendend gespielt.« Manch Bewohner Lohmens ist im Film Statist und sieht sich im TV im Oktober des darauffolgenden Jahres wieder.

Der Mai des Jahres 1975 ist ungewöhnlich kalt, noch am Monatsende fällt Schnee. Jens und Mario widmen sich ihren Hobbys und verbringen ihre Zeit gemeinsam. »Tränen lügen nicht« singt Michael Holm, und Udo Jürgens trinkt »Griechischen Wein«. International führt The Sweet mit »Fox On The Run« die Hitparaden an. Es ist Sonntag, der 25. Mai.

Fox on the run
You screamed and everybody comes a running
Take a run and hide yourself away
Fox is on the run
Foxy, fox on the run and hideaway
The Sweet: »Fox On The run«

Am darauffolgenden Montagmorgen erscheint auf dem Polizeirevier in Lohmen der Schlosser Matthias Kowalski und zeigt Folgendes an:

»Lohmen, 26.05.1975, 7 Uhr

Name:	Kowalski
Vorname:	Matthias
Geb.:	25.07.1947 in Dohna
Personalausweis-Nr.:	XII 0374358
Hauptwohnung:	8345 Lohmen, Neubau 4
Nebenwohnung:	keine
Beruf:	Schlosser
Anschrift Arbeitsstelle:	AZW [Asbestzementwerk] Porschendorf / Ruf: Dürrröhrsdorf 8202/03.

Sachverhalt:

Am 25.05.1975 stellte ich mein Moped ›Schwalbe‹ gegen 17 Uhr vor dem Eingang meines Wohnblocks ab. Ich habe es nicht angeschlossen, da mein Schloß nicht mehr funktionierte. Neben meinem Fahrzeug befand sich noch eine ganze Anzahl anderer Kfz, die ebenfalls dort abgestellt waren. Gegen 20 Uhr des genannten Tages habe ich noch einmal nachgeschaut. Zu diesem Zeitpunkt stand mein Fahrzeug noch am gleichen Ort.

Als ich am 26.05.1975 gegen 5.30 Uhr mein Fahrzeug wieder benutzen wollte, stellte ich fest, daß es nicht mehr vorhanden war. Ich suchte sofort die gesamte Umgebung ab, um festzustellen, ob es irgendwo anders abgestellt worden sei. Dies war nicht der Fall. Auch von anderen Personen erhielt ich keine Hinweise, auch nicht auf vermutliche Täter. Ich wurde gemäß § 17 Strafprozessordnung (StPO) über meine Rechte und Möglichkeiten der Mitwirkung im Strafverfahren sowie über die Geltendmachung von Schadensersatzansprüchen gemäß § 198 StPO belehrt.

Ich stelle hiermit den Antrag auf Schadensersatz in Höhe von 35,– Mark für den sich für mich ergebenden Arbeits-

ausfall. In meiner Anzeige stelle ich den Strafantrag.
Sachbeschreibung:

Moped:	Schwalbe
Farbe:	grau, keine besonderen Kennzeichen
Motor-Nr.:	1721422
Fahrgestell-Nr.:	599732
Neuwert:	1.265,– M
Zeitwert:	1.000,– M
Gesamtschaden:	35,– M
Tatzeit:	25.05.1975, 20.00 Uhr, bis 26.05.1975, 05.30 Uhr
Tatort:	vor dem Wohngebäude in Lohmen, Neubau 4.

Ich habe das Protokoll selbst gelesen, es entspricht in allen Teilen meinen Aussagen, meine Worte sind darin richtig wiedergegeben.

Matthias Kowalski«

Drei Stunden später erstattet Heinz Brasch über eine gleiche Straftat Anzeige, weil er nicht zur Arbeit fahren kann:

»Lohmen, 26.05.1975, 10 Uhr

Der Parkplatzwächter

Name:	Brasch
Vorname:	Heinz
Geb.:	17.04.1926 in Lohmen
PA-Nr.:	XII 2018726
Hauptwohnung:	8345 Lohmen, Neubau 10
Nebenwohnung:	keine

Anschrift der Arbeitsstelle: selbstständiger Gewerbetreibender /Parkplatz Bastei
gibt folgenden Sachverhalt an:

Am 25.05.1975 stellte ich mein Moped gegen 19 Uhr unter dem Balkon meiner Wohnung im angeschlossenen Zustand ab. Während der Nachtzeit habe ich mich nicht überzeugt, so wie ich das sonst oftmals getan habe, ob mein Moped noch vorhanden ist.

Montag, den 26.05.1975, gegen 9 Uhr, wollte ich mein Moped wieder benutzen und stellte dabei fest, daß es am Abstellort nicht mehr vorhanden war. Ich suchte daraufhin die gesamte Umgebung ab, habe es jedoch nicht wiedergefunden. Auch von anderen Personen erhielt ich keine Hinweise über den Verbleib meines Fahrzeugs. Hinweise auf irgendwelche Täter konnte ich ebenfalls nicht in Erfahrung bringen.«

Auf Nachfrage möchte der Geschädigte noch bemerken, »daß im gesamten Neubaubereich alle Kraftfahrzeuge vor den und hinter den Wohnblöcken abgestellt sind« und nie etwas passiert sei. Herr Brasch wird gemäß § 17 StPO über seine Rechte und die Möglichkeit der Mitwirkung im Strafverfahren sowie über die Geltendmachung von Schadensersatzansprüchen gemäß § 198 StPO belehrt. Anschließend macht er Schadensersatz in Höhe von 80,– Mark für die Reparaturkosten seines Mopeds und weiterhin 200,– Mark Einnahmeausfall für den 26. Mai 1975 auf dem Parkplatz Bastei geltend. Heinz Brasch stellt neben seiner Anzeige Strafantrag.

»Sachbeschreibung: Moped ›Star‹ Farbe: rot, besondere Kennzeichen: die Farbe am hinteren Schutzblech rechtsseitig ist stark verblichen.

Fahrgestell-Nr.:	3185492
Motor-Nr.:	1339251
Tatzeit:	25.05.1975, 19.00 Uhr,
	bis 26.05.1975, 09.00 Uhr.

Ich habe das Protokoll selbst gelesen, es entspricht in allen Teilen meinen Aussagen, meine Worte sind darin richtig wiedergegeben.

Heinz Brasch«

Der Star ist ein zweisitziges Kleinkraftrad aus der sogenannten Vogelserie des Thüringer Fahrzeugherstellers VEB Fahrzeug- und Jagdwaffenwerk Simson Suhl. Bis zum Serienauslauf im Jahre 1975 wurden 505.800 Stück verkauft. Die Produktion des Star begann im Herbst 1964 fast gleichzeitig mit der des Rollers Schwalbe. Das Modell hieß von 1964 bis 1968 SR4-2 und ab 1968 bis 1975 SR4-2/1. Der Star wurde zusammen mit dem parallel gebauten SR4-1 Spatz und SR4-4 Habicht ab 1975 vom S50 abgelöst. Lackiert wurde er während des gesamten Produktionszeitraumes ausschließlich, ebenso wie der Spatz, in Weinrot mit hellgrau-grünen seitlichen Verkleidungsteilen, Kraftstofftank, Rücklichthalter und Lenkerschale. Eine Farbvariante war in einem Braun-Rot lackiert. Der Ladenpreis des Star betrug 1.200 Mark der DDR.

MOTORRADLEXIKON

Die Kreisstadt Pirna liegt nur 15 Kilometer entfernt des Tatorts Lohmen. In Pirna hatten die Beamten noch in der Sonntagnacht notiert:

»VPKA Pirna, den 25.05.1975
Protokoll über die Zuführung einer Person
Gemäß § 95, Absatz 1 und 2, StPO zur Prüfung eines Sachverhaltes. Personalien der zugeführten Person:

Name:	Kren
Vorname:	Jens Roland
Geb.:	am 11.02.1960 in Hohnstein
Wohnhaft:	8345 Lohmen, Borngasse 1
Beruf:	Schlosserlehrling
Ausgeübte Tätigkeit:	Lehrling
Arbeitsstelle:	VEB Kochanlagenbau Stolpen, Meister Werle
Partei:	nein
Massenorganisationen:	FDJ

Erziehungsberechtigte bei Jugendlichen:	Eltern
Tag und Uhrzeit der Zuführung:	25.05.1975, 23.45 Uhr
Von wo zugeführt (Ort, Straße, Objekt):	Pirna, Platz der Solidarität
Von wem zugeführt:	vom Unterzeichneten.

Grund der Zuführung (8 W-Fragen):

Am 25.05.1975, 23.30 Uhr, wurde der Kren beim unberechtigten Benutzen des Mopeds ›Star‹ am Platz der Solidarität [heute: Dohnaischer Platz] in Pirna auf frischer Tat gestellt. K. entwendete das Moped aus der AWG [Neubaugebiet, heute: Schlossstraße] in Lohmen, welches mittels Lenkradschloß gesichert war. Von hier aus fuhr er nach Pirna und stellte das Moped auf dem Parkplatz Bahnhofstraße ab, wobei er von ZKS [Zentrale Kräfte Schutzpolizei] beobachtet wurde. Anschließend lief er zu Fuß zum Platz der Solidarität, wo er kontrolliert wurde. Nach längerem Leugnen gab er dann zu, das Moped entwendet zu haben.«

Zusammen mit Jens Kren war Mario Wernicke der Polizei in Pirna zugeführt worden, und der schildert das Geschehen jener Nacht aus seiner Sicht:

»Befragungsprotokoll

26.05.1975

Beginn:	2.00 Uhr
Ende:	2.30 Uhr
Name:	Wernicke
Vorname:	Mario Otto Heinz
Geb.:	am 04.04.1959 in Dohna
Wohnhaft:	8345 Lohmen (Krs. Sebnitz), August-Bebel-Straße 1
Beruf:	Schüler

Arbeitsstelle:	POS Gerhard Schubert Lohmen, Klasse 9a
Partei:	nein
Massenorganisationen:	FDJ
Erziehungsberechtigte bei Jugendlichen:	Eltern
Tag und Uhrzeit der Zuführung:	25.05.1975, 23.45 Uhr
Von wo zugeführt (Ort, Straße, Objekt):	Pirna, Platz der Solidarität
Von wem zugeführt:	vom Unterzeichneten.

Zum Sachverhalt:

Am 25.05.1975, gegen 21 Uhr, verließen mein Freund Jens und ich die Gaststätte ›Erbgericht‹ in Lohmen, wo wir Limonade getrunken hatten, und wollten nach Hause gehen. Auf dem Weg kamen wir ins Gespräch, wie weiß ich nicht mehr, daß wir mal Moped fahren wollten. Wir hatten beide einen Zündschlüssel im Besitz und entschlossen uns, im neuen AWG-Gebiet in Lohmen Mopeds zu ›besorgen‹. Jens fand einen ›Star‹ und ich eine weiße ›Schwalbe‹. Diese schoben wir von der Straße an den AWG-Häusern bis zur Kurve, damit niemand etwas merkt. Dann fuhren wir in Lohmen herum, und Jens kam auf die Idee, nach Pirna zu fahren. Ich willigte ein, und wir fuhren auf den Bahnhofsvorplatz in Pirna, und da dort ›Parkverbot‹ ist, auf den Parkplatz auf der Bahnhofstraße, wo wir die Mopeds abstellten. Wir spazierten ins Stadtinnere von Pirna und wurden am Platz der Solidarität durch die Funkstreife gestellt und zum VPKA gebracht. Ursprünglich wollten wir die Mopeds wieder mit nach Lohmen nehmen und dort abstellen. Weitere Handlungen habe ich keine begangen.«

Im folgenden Verhör bei der Kriminalpolizei berichtet Jens Kren ausführlicher das Geschehene:

»Pirna, 26.05.1975

Befragungsprotokoll des Schlosserlehrlings Jens Kren

Beginn: 1.00 Uhr
Ende: 2.00 Uhr.
Ich traf mich am 25.05.1975 gegen 18 Uhr zufälligerweise mit dem Wernicke, Mario, am Försterteich in Lohmen. Mario holte von zu Hause sein Kassettentonband, und wir beide zogen dann damit durch Lohmen und hörten Westmusik. Gegen 19 Uhr schafften wir das Tonband zurück, und wir begaben uns erneut in die Stadt Lohmen zurück. Wir gingen zum neuen AWG-Gebiet. Von dort gingen wir in die Gaststätte ›Erbgericht‹ in Lohmen. Jeder trank dort zwei Limonaden. Nach 21 Uhr verließen wir gemeinsam die Gaststätte, um nach Hause zu gehen.

Auf dem Nachhauseweg fing der Mario an, mit mir über Mopeds zu sprechen. Es wäre ›bärisch‹, auch mal Moped zu fahren, gab ich ihm zu verstehen. Darauf äußerte er, daß er einen Zündschlüssel habe, und wir könnten ja mal eines nehmen. Darauf gab ich zur Antwort, daß ich auch einen habe. Damit waren wir uns einig, jeder ein Moped zu ›besorgen‹. Da wir auf dem Nachhauseweg am neuen AWG-Gebiet vorbeikommen, kamen wir dorthin. Gegen 22 Uhr waren wir ungefähr dort. Wir suchten vor Wohnblöcken an der Straße Mopeds, wo die Lenker (das Vorderrad) gerade ist, da diese nicht angeschlossen sein konnten. Ich sah als erster einen ›Star‹, Farbe Rot, der nicht angeschlossen war. Ich nahm diesen und begab mich damit vor zur Kurve, um auf meinen Kumpel zu warten, bis auch er ein Moped gefunden hat. Er kam auch gleich danach mit einer weißen ›Schwalbe‹ an. Bis zur Kurve haben wir beide die Mopeds geschoben, damit niemand auf uns aufmerksam wird. Wir starteten die Mopeds und fuhren anschließend in Lohmen herum. Ich hatte dann den Einfall, nach Pirna zu fahren. Mario willigte ein, und wir fuhren von Lohmen, über Doberzeit, Weiße Taube, Pirna-Copitz, nach Pirna auf den Bahnhof, wo wir die Mopeds abstellen wollten. Da dort Parkverbot ist, fuhren wir in Pirna auf die Bahnhofstraße und stellten die Mopeds auf dem dortigen Parkplatz ab. Wir spazierten dann durch Pirna und wollten ursprünglich wieder mit den Mopeds zurück nach Lohmen fahren und diese in der Tatortnähe abstellen. Am Platz der Solidarität, in der Nähe von Eis-Renz, wurden wir jedoch in Pirna von der Funkstreife gestellt und dem VPKA Pirna zugeführt.

Frage:

Welche weiteren Straftaten haben Sie durchgeführt beziehungsweise von welchen Straftaten haben Sie Kenntnis?

Antwort:

Ich habe keine weiteren Straftaten begangen. Ich weiß auch nichts von anderen.

Frage:

Wer sind Ihre Freunde?

Antwort:

Meine Freunde sind: ›Bello‹, wohnhaft in Pirna, Bramscheidt, Uwe, aus Pirna, Wernicke, Mario, aus Lohmen, ›Ata‹ aus Pirna, Philipp, Peter, wohnhaft in Lohmen, Schaper, wohnhaft Lohmen, Kastanienallee, ›Mecke‹ Schmidt, Ulli, wohnhaft Pirna-Mockethal, Lehmann, Hans-Peter, wohnhaft in Lohmen.

Ich habe meine Befragung gelesen. Der Inhalt entspricht in allen Teilen meinen Aussagen. Meine Worte sind richtig wiedergegeben.«

Die ganze Wahrheit über seine Person gibt der Junge hier nicht an, denn gegen ihn läuft bereits ein Verfahren wegen unangemessenen Verhaltens und schmähender Äußerungen gegen Lehrer, Leiter und Staat. Seinen Frust auf Obrigkeit und stete Bevormundung hatte Jens Kren mehrmals auf Arbeit und auch sonst immer wieder kundgetan. Um dem Einhalt zu gebieten, hatte man ihn angezeigt. Die Mühlen der Justiz, sie mahlen. Eine Verhandlung steht bevor – nun die Verhaftung.

Auf dem Parkplatz Bahnhofstraße stellt man die geraubten Mopeds sicher:

»Fundprotokoll

Pirna, 26.05.1975

Sichergestellt wurde ein Moped Marke ›Schwalbe‹

- ▷ Kraftstoffinhalt: 4,0 Liter
- ▷ Kilometerstand: 8.164
- ▷ Lenkerschloß defekt
- ▷ Rechte Blinkleuchte defekt
- ▷ Linke Fußraste abgebrochen
- ▷ Rückspiegel gesprungen
  [handschriftlich hinzugefügt: war schon gewesen].«

Nach Klärung des Sachverhalts werden die gestohlenen Kleinkrafträder ihren Besitzern offiziell ausgehändigt:

»Übergabe-Übernahme-Protokoll

Pirna, 26.05.1975

Am 26.05.1975, gegen 14 Uhr, wurde dem Bürger Brasch, Heinz, das Moped ›Star‹ übergeben.
Folgende Beschädigungen wurden festgestellt:

- ▷ Kraftstoffinhalt: circa 2 Liter
- ▷ Kilometerstand: 18.840
- ▷ Gegenstände am oder im Kfz: keine
- ▷ Zustand des Kfz/Beschädigungen: Lenkerschloß erbrochen, rechte Blinkleuchte defekt, Spiegelglas gesprungen
- ▷ Wann gefunden: 25.05.1975, 23.30 Uhr
- ▷ Wer gefunden: ZKS
- ▷ Wo gefunden: Pirna, Parkplatz, Bahnhofstraße
- ▷ Wo untergestellt: VPKA Pirna.

Ein Antrag auf Schadensersatz in Höhe 80,– Mark Reparaturkosten und 200,– Mark Verdienstausfall wurde vom Geschädigten gestellt.«

Mario Wernicke und Jens Kren werden nach Kritik des Fehlverhaltens und der Androhung gerichtlicher Konsequenzen ins Elternhaus entlassen. Nach zwei Wochen bringen die Ermittler das Verfahren zum Abschluss. Die Fakten lassen keine Zweifel offen. Die Täter sind geständig und noch minderjährig. Ihre Einsicht in die Straftat ist kundgetan und von den Ermittlern den Eltern wie Erziehungsbehörden mitgeteilt worden. Es kommt zum gerichtlichen Verfahren, der Staatsanwalt hat die Akten auf dem Tisch.

»Sebnitz, den 13.06.1975

Belehrung
Ich wurde zu Beginn meiner Vernehmung darüber belehrt, daß ich im Strafverfahren das Recht habe,

- ▹ die gegen mich vorliegenden Beschuldigungen und Beweismittel kennenzulernen;
- ▹ mich selbst zu verteidigen oder einen Verteidiger zu benennen;
- ▹ alles vorzubringen, was die erhobenen Beschuldigungen ausräumen oder meine strafrechtliche Verantwortlichkeit mindern kann;
- ▹ Beweisanträge oder andere Anträge zur Durchführung des Verfahrens zu stellen;
- ▹ gegen jede mich betreffende Maßnahme der Untersuchungsorgane beim Staatsanwalt des Kreises Sebnitz Beschwerde zu führen.

(Belehrung gemäß § 61 und 9 der Strafprozessordnung)
Die einzelnen Punkte wurden mir erläutert.
Ich habe alles verstanden.

Jens Kren«

»Protokoll

13.06.1975, 7 Uhr

Vernehmung des Beschuldigten Kren, Jens
Zum Sachverhalt gibt der Beschuldigte auf Vorhalt an:

Frage:

Sie werden beschuldigt, am Abend des 25.05.1975 in Lohmen ein Moped unberechtigt benutzt zu haben. Geben Sie dazu eine wahrheitsgemäße Erklärung ab!

Antwort:

Ich möchte zunächst sagen, daß ich bei der Befragung im VPKA Pirna nicht alles richtig erzählt habe. Ich werde jetzt die Wahrheit sagen.

Nachdem ich mit dem Mario Wernicke die Gaststätte ›Erbgericht‹ in Lohmen verlassen hatte, sind wir durch die AWG-Siedlung gelaufen. Wir wollten nach Hause gehen. Wir kamen über Mopeds ins Gespräch und waren beide der Meinung, daß es schön wäre, wenn wir fahren könnten. Mario meinte, wir könnten uns ja eines besorgen, und ich war ohne Bedenken einverstanden. Es standen an den neuen Wohnblocks mehrere Fahrzeuge, und ich nahm ein Moped ›Star‹, welches etwas abseits unter einem Balkon stand. Dieses Fahrzeug war mit einem Lenkerschloß gesichert, und ich habe durch kräftiges Drehen am Lenker das Schloß aufgebrochen. Mario stand daneben. Dann habe ich das Moped geschoben bis zur Hauptstraße, und wir sind zusammen mit diesem ›Star‹ gefahren. Zunächst fuhr ich, und zwar durch Lohmen über Rathewalde zur Hocksteinschänke, dann die Rennstrecke entlang nach Heeselicht. Auf der Rennstrecke wechselten wir, und Mario fuhr das Moped. Wir fuhren weiter über Sürza–Dobra–Dürrröhrsdorf–Porschendorf und zurück nach Lohmen. In Stürza haben wir wieder gewechselt, und ich fuhr das Fahrzeug.

Mario wollte aber auch selbst ein Fahrzeug haben. Deshalb stellte ich das Moped am ›Erbgericht‹ in Lohmen ab, und Mario ging zur AWG, während ich wartete. Als er nicht gleich zurückkam, bin ich ihm nachgegangen. Er nahm sich eine graue ›Schwalbe‹, die nicht abgeschlossen war. Dann fuhren wir jeder mit einem Moped zum Ortsausgang in Richtung Pirna. An der Brücke haben wir die Fahrzeuge gewechselt, und Mario fuhr mit dem ›Star‹ in Richtung Doberzeit. Ich fuhr mit der ›Schwalbe‹ mit, kehrte aber auf halber Strecke um, weil irgendetwas nicht in Ordnung war. Es stellte sich heraus, daß der Benzinhahn noch geschlossen war. Mario kam dann zurück, und als er sich mit mir unterhielt, kippte er plötzlich mit dem Moped um. Dabei brach der rechte Blinker ab.

Wir fuhren dann durch Lohmen und weiter über Dorf Wehlen–Mockethal–Zatzschke–Copitz nach Pirna. Mario hatte die ›Schwalbe‹, ich fuhr den ›Star‹. An der Bahnhofstraße in Pirna stellten wir die Fahrzeuge ab und liefen in die Stadt. Dort wurden wir von einer VP-Streife gestellt und zum VPKA gebracht. Die beiden Fahrzeuge sind durch die Polizei zum VPKA gebracht worden.

Wir hatten die Absicht, in Pirna herumzubummeln und dann wieder mit den Fahrzeugen nach Lohmen zu fahren, wo wir sie in der Nähe des ›Erbgericht‹ abstellen wollten.

Frage:

Der Besitzer des ›Star‹, Herr Brasch, macht gegen Sie Schadensersatzforderungen geltend, und zwar für Einnahmeausfall am 26.05. 200,– Mark und für Reparaturkosten am Moped 80,40 Mark. Die in der vorliegenden Rechnung aufgeführten und beseitigten Schäden wurden Ihnen vorgelesen. Sind diese Schäden während Ihrer Straftat entstanden?

Antwort:

In der ganzen Zeit, als ich und teilweise auch Mario den ›Star‹ benutzt haben, ist nur der eine Blinker abgebrochen, und das geschah durch die Schuld von Mario Wernicke.

Ich hatte das Lenkerschloß aufgebrochen. Weitere Schäden sind nicht entstanden. Wir sind während der Fahrt nicht gestürzt, und ich habe auch keine Mängel am Fahrzeug festgestellt. Meiner Meinung nach sind diese Mängel nicht durch uns entstanden.

Ich erkläre hiermit der Wahrheit entsprechend, daß ich keine weiteren Straftaten begangen habe.

Als vorliegende Beweismittel wurden mir die Anzeigen der Geschädigten Brasch und Kowalski und ihre Schadensersatzforderungen zur Kenntnis gegeben.

Beweisanträge habe ich nicht zu stellen.

Ich habe das Protokoll gelesen. Der Inhalt ist richtig und entspricht meinen Aussagen.

Jens Kren«

»Vernehmung des Beschuldigten Wernicke, Mario

Sebnitz, 13.06.1975

Ich habe noch vier Geschwister, die alle zu Hause wohnen. Darunter ist mein größerer Bruder, der zur Zeit bei der Armee ist. Er besitzt ein Moped ›Star‹, und auch mein Vater hat ein solches Moped. Mit diesen Fahrzeugen bin ich schon gefahren und kenne mich deshalb damit aus. Eine ausreichende Fahrpraxis habe ich aber noch nicht. Ich werde manchmal noch am Durchfahren von Kurven unsicher, vor allem bei Gegenverkehr mit größeren Fahrzeugen. Mit einem Motorrad habe ich auch schon das Fahren versucht, aber da habe ich noch nicht viel Ahnung. Ich bin auch schon einmal mit einem Traktor gefahren.

Ich besuche jetzt die 9. Klasse und habe den Wunsch, nach Abschluß der 10. Klasse den Beruf eines Klempners zu erlernen.

In meiner Freizeit gehe ich angeln oder helfe auch viel meinen Eltern im landwirtschaftlichen Betrieb. Mit meiner Klasse gehe ich auch verschiedentlich zum Tanz, den wir meistens in der ›Hocksteinschänke‹ veranstalten. Ich war aber auch schon im ›Erbgericht‹ in Lohmen und in Dittersbach tanzen. Ich gehe auch ins Kino.«

So um zehn in der Disko fiel ein Mädchen mir auf,
Das ich vorher noch niemals hier gesehn,
Schwarz ihre Haare, knapp 17 Jahre,
Und ihre Augen schön.
Und ich sah sie so an und ihr Blick hielt mir stand.
Sonderbar, das ist mir noch nie passiert –
Irgendwie hat mich das irritiert.

GRUPPE KREIS: »DOCH ICH WOLLTE ES WISSEN« – DDR-HIT 1975

»Als ich die Sache mit den Mopeds gemacht habe, hatte ich zwar Bedenken und überlegte mir, daß es nicht in Ordnung ist, aber ich habe es dann trotzdem gemacht. Ich habe meinen Fehler eingesehen und werde in Zukunft solche oder andere Straftaten nicht wieder begehen.«

Die Schilderungen des Abends gleichen denen des Jens Kren bis hin zu den Schäden am Moped des Heinz Brasch. Es zeigen sich keine Widersprüche, abgesprochen haben sich die Täter nicht, denn seit ihrer Zuführung haben sich beide Schilderungen nicht geändert.

Der aufgeklärtere Teil der Arbeiterklasse begreift jedoch sehr gut, dass die Zukunft seiner Klasse und damit die Zukunft der Menschheit völlig von der Erziehung der heranwachsenden Arbeitergeneration abhängt.

KARL MARX

Die staatlichen Organe weiten den Fokus der Ermittlungen und Gespräche auf Elternhaus und Schule aus, um die gesellschaftliche Ächtung des gesetzeswidrigen Verhaltens festzulegen. Dabei ist erwünscht, dass alle an der Erziehung Beteiligten zusammenarbeiten.

»Protokoll
über die Aussprachen mit den Erziehungsberechtigten der beiden Beschuldigten

18.06.1975

Frau Kren erklärte, daß sich seit der Durchführung des letzten Ermittlungsverfahrens gegen ihren Sohn im April/Mai 1975 und auch seit der Verurteilung am 05.06.1975 in seinem Gesamtverhalten nichts geändert hat. Er nimmt nach wie vor keine Lehre an, wobei besonders sein Verhältnis zum Vater sehr gespannt ist, und macht, was er will. Beim Verlassen des Kreisgerichts nach der Hauptverhandlung am 05.06.1975 sagte er zu seiner Mutter: ›Das juckt mich doch gar nicht, die sieben Monate Knast hätte ich auch noch abgesessen.‹ Von dieser gleichgültigen Einstellung ist sein gesamtes Verhalten geprägt.

Frau Wernicke fühlt sich nicht in der Lage, eine Änderung des Verhaltens ihres Sohnes herbeizuführen. Die Mutter des Beschuldigten Wernicke konnte keine Erklärungen für das Verhalten ihres Sohnes finden und neigt dazu, eine negative Beeinflussung des Mario durch andere Jugendliche, insbesondere durch Kren, anzunehmen.

Aktenvermerk:

Mit dem Klassenleiter des Beschuldigten Wernicke, Herrn Ahrens, wurde heute eine Aussprache geführt. Er wurde vom Sachverhalt informiert und gebeten, im Rahmen des Klassenkollektivs geeignete Maßnahmen zu organisieren. Diese werden der Abteilung K schriftlich zugesandt.«

»Durch die gesetzlichen Regelungen der §§ 67 und 68 StGB der DDR wurde den Strafverfolgungsbehörden die Möglichkeit eingeräumt, bei Vergehen Jugendlicher unter bestimmten Voraussetzungen von der Strafverfolgung abzusehen. Das setzte die individuelle Verantwortlichkeit des Jugendlichen voraus und musste von Seiten des Gerichts festgestellt werden. Die erste Voraussetzung für ein Absehen der Strafverfolgung war, dass die Straftat ein nicht erheblich gesellschaftswidriges Vergehen darstellte. Dies wurde dann angenommen, wenn die Taten sowohl hinsichtlich der eingetretenen Folgen und Schuld des Jugendlichen als auch unter der Berücksichtigung der entwicklungsbedingten Besonderheiten als nicht so schwerwiegend anzusehen waren, dass eine Maßnahme der strafrechtlichen Verantwortlichkeit ausgesprochen und verwirklicht werden musste. Es musste zur Überwindung der sozialen Fehlentwicklung des Jugendlichen ausreichend erscheinen, eine Erziehungsmaßnahme durch die Organe der Jugendhilfe einzuleiten beziehungsweise dass bereits eingeleitete Maßnahmen genügen. Sie sollten nicht nur den Jugendlichen zu gesellschaftsgemäßem Verhalten hinführen, sondern auch den Erziehungspflichtigen ihre rechtlich gebotenen Pflichten aufzeigen. Darunter fielen zum Beispiel Auflagen an den Jugendlichen zur Schadenswiedergutmachung oder zur Entschuldigung, Erziehungsaufsicht oder Erziehungsauflagen an die Erziehungsberechtigten. Die möglichen oder bereits eingeleiteten Maßnahmen mussten eine Reaktion auf die Straftat darstellen und sowohl vom Jugendlichen als auch von seinem Umfeld, zum Beispiel seiner Schulklasse, als solche aufgenommen werden. Die begangene Straftat musste zudem Ausdruck einer beginnenden oder schon bestehenden Fehlentwicklung des Jugendlichen sein. Von einer derartigen sozialen Fehlentwicklung sprach man, wenn in einem oder in mehreren Hauptbereichen des Lebens, zum Beispiel Elternhaus und Schule, Fehlverhaltensweisen des Jugendlichen aufgetreten waren. Diese Fehlhaltung musste seine Persönlichkeit über einen längeren Zeitraum bestimmt haben. Ein einmaliges Fehlverhalten aus Undiszipliniertheit rechtfertigte nicht automatisch die Annahme einer sozialen Fehlentwicklung.«

Wenn die Anzeige kommt, dann lernt man auch daraus was. Die sagen dir dann auch vor Gericht, dies das. Dann lernt man daraus. Aber wenn es langsam kommt, macht man mehr Scheiße. Und wenn es schnell kommt, dann macht man das nicht. Ist besser, wenn es schnell kommt.

JUGENDLICHER STRAFTÄTER, 2009

Kaum einen Monat nach der Tat, am 23. Juni 1975, wird entsprechend dem Gesetz von der Polizei »das Ermittlungsverfahren gegen die Jugendlichen Kren und Wernicke wegen in Mittäterschaft begangener unbefugter Benutzung von Fahrzeugen gemäß §§ 201 Abs. 1 und 22 Abs. 2 Ziff. 2 StGB dem Staatsanwalt des Kreises Sebnitz zur weiteren Entscheidung übergeben. Es wird vorgeschlagen, das Ermittlungsverfahren gegen Kren und Wernicke einzustellen.

Kren wurde am 05.06.1975 vom Kreisgericht Sebnitz wegen Staatsverleumdung für die Dauer von 1 Jahr und 6 Monate auf Bewährung verurteilt.

Bei Wernicke sind durch die Schule geeignete Erziehungsmaßnahmen eingeleitet worden.«

Ausführlicher fällt die Begründung der Staatsanwaltschaft aus. Sie verfügt im Falle des Mario Wernicke:

»Das Strafverfahren wird eingestellt.

Der Beschuldigte ist erstmalig straffällig geworden, und seine Tat ist nicht erheblich gesellschaftswidrig. Durch die Polytechnische Oberschule Lohmen sind im Rahmen des Klassenkollektivs Erziehungsmaßnahmen eingeleitet worden. Diese sind für die Erziehung des Rechtsverletzers ausreichend, so daß gemäß § 67 Abs. 2 StGB von Maßnahmen der strafrechtlichen Verantwortlichkeit abgesehen werden kann, und das Verfahren somit gemäß § 148 Abs. 1 Ziff. 3 in Verbindung mit § 75 Abs. 2 StPO einzustellen ist.«

Im Falle des Jens Kren wird festgelegt:

»1. Das Verfahren gegen Jens Kren wird eingestellt. Er ist wegen Staatsverleumdung verurteilt. Gleichzeitig wurden gemäß § 33 Abs. 4 Ziff. 1 und 4, §§ 34 und 72 StGB weitere Verpflichtungen für den Beschuldigten festgelegt. Für den Fall der schuldhaften Verletzung der Pflicht zur Bewährung wurde eine Freiheitsstrafe von 7 Monaten angedroht. Neben dieser Verurteilung fällt die zu erwartende Maßnahme der strafrechtlichen Verantwortlichkeit im vorliegenden Verfahren nicht ins Gewicht. Das Ermittlungsverfahren ist daher gemäß § 148 Abs. 1 Ziff. 4 StPO einzustellen.
2. muss die Mitteilung an den Geschädigten erfolgen.
3. den Beschuldigten mit Eltern für den 01.07.1975 vorladen.
4. Zählblatt fertigen und statistisch erfassen.
5. Aktenverzeichnis austragen.
6. Weglegen.«

Die geschädigten Motorradbesitzer Heinz Brasch und Matthias Kowalski »müssen die Schadensersatzansprüche zivilrechtlich einklagen oder außergerichtlich regeln«. Gegen alle Maßnahmen können die »Beschuldigten Beschwerde einlegen«. Der Bürger Matthias Kowalski stellt keinen Antrag auf Schadensersatz. Sein Lohnverlust durch Arbeitsausfall »betrage nur 35,– Mark«. Heinz Brasch wird noch einmal zu seinem gestellten Schadensersatzanspruch gehört.

»Sebnitz, 18.06.1975

Aktenvermerk:

Aufgrund der Aussagen der beiden Beschuldigten wurde heute mit dem Anzeigenerstatter Brasch eine Aussprache geführt. Er gab an, daß er sein Fahrzeug von der Volkspolizei in Pirna mit den Beschädigungen übernommen hat, wie sie im Übergabeprotokoll enthalten sind. Der Bruch der linken Fußraste erfordert auch die Erneuerung der Fußbremse, da beides aus einem Werkstück gefertigt ist. Die Beschädigung der Sitzbank war dem Brasch nicht bekannt, er hat auch keine solche festgestellt. Nach den Angaben der Kollegen der Werkstatt sei die Sitzbank gebrochen gewesen. Es kann nicht mit Sicherheit behauptet werden, daß dieser Schaden durch die Beschuldigten verursacht wurde. Das trifft auch auf den Gummigriff zu. Deshalb verringert sich die Schadenssumme um 29,95 Mark auf 50,45 Mark.«

Am 1. Juli 1975 nimmt Jens Kren abschließend zu den gerichtlichen Beschlüssen Stellung: »Heute wurde mir mitgeteilt, daß das am 09.06.1975 gegen mich eingeleitete Ermittlungsverfahren wegen unbefugten Benutzens von Kraftfahrzeugen gemäß § 148 eingestellt worden ist. Mir wurde erklärt, daß die Einstellung des Verfahrens erfolgte, weil ich bereits mit Urteil des Kreisgerichts Sebnitz vom 05.06.1975 in einer anderen Strafsache rechtskräftig verurteilt worden bin. Über das mir gemäß § 91 StPO zustehende Recht der Beschwerde beim Staatsanwalt des Bezirks Dresden bin ich belehrt worden.«

Weder von Jens Kren noch von Mario Wernicke ist eine Beschwerde aktenkundig.

Liebe Eltern!

Ende der Gemeinsamkeit, Lawalde 1978/1991

In der Pubertät ist es die Aufgabe des Jugendlichen, seine Persönlichkeit zu formen, wobei die Eltern dabei dadurch helfen können, indem sie Stabilität bieten und emotionale Unterstützung. Heute dauern Schule und Ausbildung immer länger, was im Konflikt mit dem Wunsch der Jugendlichen steht, das häusliche Nest zu verlassen, denn sie sollten nach dem Plan der Evolution mit sechzehn Jahren eigentlich gar nicht mehr bei ihren Eltern wohnen. Studien zeigen auch, dass Jugendliche, die sich besonders aktiv von ihren Eltern abgrenzen, später psychisch stabiler sind als andere. Offensichtlich gibt es auch einen Zusammenhang zwischen Bindung und Stabilität, denn Jugendliche, die später psychisch instabil sind, hatten vielleicht überhaupt keinen Grund, sich abzugrenzen, da sie keine Bindung zu ihren Eltern besaßen, denn wo es keine Bindung gibt, gibt es keinen Bedarf an Abgrenzung.

MUTZ/SCHEER: PUBERTÄT UND ADOLESZENZ

Liebe Eltern!

Heute möchte ich Euch einmal mitteilen, wie es mir geht und was ich so treibe. Mir geht es übrigens ganz gut, und ich komme auch gut mit dem Essen zurecht. Ich wurde, seitdem Vati da war, von der Ferientätigkeit gefeuert. Warum, wird mir nicht mitgeteilt. Ich wollte erst nach Hause kommen, aber da

Vater gesagt hat, nach 18 Uhr gibt es nichts mehr nach Hause. Ich bin dann eben gegangen, und ich muß sagen, ich bereue es heute nicht einmal. Ich finde, es tut mir gut, mal endlich frei zu sein. So habe ich meine Ruhe und brauch mir kein Gejammere und Gemeckere anzuhören. Ihr werdet erstaunt sein, wie ich schreibe, aber es wird ja endlich mal Zeit, ich bin kein kleines Kind mehr, und ich weiß, was ich tue. Ich wohne jetzt als Untermieter, und ich habe es gut. Jeden Tag erlebe ich neue Abenteuer. Ich habe auch nichts weiter angestellt. Ich habe gehört, daß man ab 16 Jahre als Untermieter einziehen kann. Ich werde mir eine Wohnung anmelden gehen, damit ich ab 18 Jahre eine eigene Wohnung habe, wo ich tun und lassen kann, was ich möchte. So klappt alles, es hapert aber ein wenig mit der Wäsche, da ich jetzt nichts weiter habe. Bitte schreibt mir Bescheid, ob Ihr jetzt wieder arbeiten geht oder ob Ihr noch Urlaub habt. Am Montag, dem 22.8.77, bin ich eventuell wieder zu Hause, aber ich glaube nicht.

Ich habe eine Bitte an Euch. Ich möchte gern am Sonntag meine Arbeitssachen abholen. Zur Arbeit gehe ich, und Mist baue ich auch nicht. Ich finde, wenn ich von zu Hause weg bin und ich mein eigenes Zimmer habe, habe ich mehr Ruhe und bin ein besserer Mensch. Ich möchte nicht, daß ich jetzt wieder alles fallen lasse, was ich mir mühsam erkämpft habe. Ich wollte auch schreiben, daß Mutti wieder in Ruhe schlafen kann. Glaubt mir, wenn ich zu Hause bin, ist alles wieder kaputt. Ich finde, es hat schon seine Richtigkeit, daß ich weg bin. Wenn für mich Post sein sollte, laßt sie bitte im Briefkasten liegen, und wenn Ihr irgendetwas habt oder wissen wollt, legt die Nachricht bitte auch in den Kasten.

Ich habe schon so viel Kummer gehabt, aber ich war zu feige, es zu sagen. Bei Euch kann man nicht die Meinung sagen, vor allem bei Mutti. Es ist ihr großer Fehler, daß sie keine Meinung vertragen kann. Jeder Mensch hat seine Fehler, auch ich. Ich bekomme jetzt so viel Unterstützung von meinen Kumpels, es sind alles Jugendliche, die das gleiche Problem hatten wie ich. Ich danke Euch jedenfalls, daß Ihr mich erzogen habt, auch wenn's schwer war mit mir. Aber Ihr müßt es auch wissen, daß ich schwer erziehbar bin. Ich werde Euch jede Woche einmal mitteilen, wie es mir geht.

Bestellt Heli einen schönen Gruß von mir und sagt ihr bitte, daß sie oder Silke am Mittwoch um 18 Uhr im »Aktivist« sein soll, ich muß mit ihr sprechen. Ich habe mir gedacht, daß wir uns für zwei bis drei Monate nicht sehen, da ich, sobald ich zu Hause bin, angeschnauzt werde, und ich möchte mir nicht andauernd Eure Moralpredigten anhören. Vater kann ruhig seinen Mund bei der Gerichtsverhandlung aufmachen und sagen, was ich so alles angestellt habe. Er denkt vielleicht, daß er einen Vorteil hat; aber eins sage ich Euch: Wenn ich bei der Verhandlung eingekerkert werde oder ich sollte zufällig nach Hause kommen und ich bekomme von Vater oder von Dir eine gefeuert, mache ich etwas, woran Ihr noch lange denken werdet und was für Dich (Mutti) nicht leicht ist, es zu ertragen. Benno ist ja froh, daß ich weg bin. Silke ist die einzige, mit der ich mich noch verstand.

Schreibt mir bitte Eure Meinung. Auch möchte ich wissen, was Ihr mal sagt. Mit Frau Schulzenhof stehe ich gut in Verbindung. Ich bitte Euch, ich brauche das Mikrofon, da ich es für 30 oder 40 Mark verkaufen möchte. Ich möchte nur meine Sachen haben und die Sachen nun anziehen. Mutti, und wenn Du denkst, ich komme mit den 20 Mark Kostgeld nicht aus, da hast Du Dich geirrt. Ich brauche jetzt nur noch in der Woche 3 bis 4 Mark. Ich esse Vollkornbrot und Margarine. Zum Friseur gehe ich überhaupt nicht mehr, es wird mal Zeit, daß die Haare länger werden. Wenn mir irgendetwas nicht gefällt, schneide ich sie mir ab.

Ich habe jetzt alles, was ich brauche. In meinem Zimmer habe ich einen Plattenspieler, Radio, Tonbandgerät und Fernseher. So, jetzt bin ich müde. Jetzt ist es genau 3.30 Uhr (früh).

Seid gegrüßt

Euer Mike

Was, liebe Leser*innen, wären Ihre Gedanken, wenn Sie der Empfänger dieses Briefes wären? Sofort stellten Sie sich die Fragen: Wo haben Sie als Elternteil versagt? Wo Ihre Erziehungsaufgaben nicht wahrgenommen? Was hat diese Abkehr meines Kindes vom Elternhause ausgelöst? Hätte ich das verhindern können, ja, verhindern müssen? Welchen Eindruck hinterlässt diese Flucht bei den Mitmenschen, Schule, Nachbarn, Polizei?

Ungewöhnlich sind all diese Fragen nicht, denn für jedes Kind ist die Phase der Pubertät nicht einfach, es stellt sich der Hormonhaushalt auf das Erwachsenenleben ein, entwickelt andere Körpermaße, entfacht bislang unbekannte sexuelle Lust und die Abkehr von den bislang anerkannten Autoritätspersonen. Es ändern sich Ansichten, Empfindungen und das Verhalten. Die jungen Erwachsenen entwachsen schnell und zur eigenen Überraschung den Kinderschuhen der Familie. Jeder Pubertierende muss nunmehr seine Gefühle und mitmenschlichen Beziehungen neu definieren – ohne Zweifel: eine heikle Lebensphase.

Mike hat dabei viele Weichen falsch gestellt, und auch seine Eltern handelten nicht immer den Herausforderungen angemessen, schraubten ihre Erwartungen an den Sohn vielleicht zu hoch. Nun sitzt Mike Schwertfeger vor Gericht, Vater, Mutter, Schwester und die Freundin sitzen im Publikum und folgen der Verhandlung aufmerksam. Noch sind die Familienbande nicht zerrissen, sie erweisen sich als erstaunlich fest. Nur legt Mike auf sie wenig oder keinen Wert. Das muss der Richter in seinem Urteilsspruch berücksichtigen.

Mike Schwertfeger zählt sechzehn Jahre, wirkt aber seinem Alter wenig entsprechend, die Reifejahre sind bei ihm noch längst nicht abgeschlossen. Lang schlenkern die Arme, und mit den Händen weiß der junge Mann oft nicht wohin. Manchmal sind sie wie im Gebet geschlossen. Manchmal fahren die Finger die Maserungen des Holzes auf dem Anklagetisch nach. Manchmal, scheint es, dreht Mike Däumchen. Sozialen Kontakt suchte er bei seiner Clique auf dem Platz vorm Kindergarten. Die Gespielen waren deutlich jünger, Mike konnte sich unter ihnen als Erwachsener fühlen. Auch dass er eine Freundin hatte, beeindruckte, doch hat Mike zugunsten der Nachmittage am Spielplatz sie oft sitzen lassen. Zweisamkeit war weniger sein Ding.

»Ich hätte mich vielleicht nur mehr anstrengen müssen«, sagt Mike Schwertfeger heute auf Befragen des vorsitzenden Richters. Das Abrutschen des Schülers auf die schiefe Bahn war absehbar und begann sehr früh, und Mike ist nicht allein dafür verantwortlich.

Klau Zigaretten und eine Pulle Goldkrone, sonst bekommst du Klassenkeile! Diesen Zettel hatte die Klassenlehrerin in Mikes Federmäppchen gefunden. Es wird nicht der erste dieser Art gewesen sein. Mike hat die Klassenkeile mehr gefürchtet als den Diebstahl, er wollte sich als Mann erweisen und hat die von den Mitschülern an ihn gestellten Mutproben erfüllt. Mike wollte dazugehören. Vielleicht sind dadurch seine Hemmungen beseitigt worden, nach fremden Eigentum zu greifen und egoistisches Gehabe anzunehmen: Was mir gefällt, das nehm ich mir! Kein sozialistischer Lehrplan unterstützt diese Maxime.

Es muss also auch die Frage gestellt werden: Hat hier das pädagogische Kollektiv versagt? Zwiespältig wird die Antwort sein. Natürlich hat man im Lehrerkollegium der POS über Mike Schwertfeger diskutiert. Natürlich hat man dem jungen Mann jede Hilfe angeboten. Auch heute nimmt ein Kollektivvertreter am Prozessgeschehen teil. Er spricht sehr engagiert und von den guten Seiten seines Mitschülers. Olaf B. ist nur ein Jahr älter, wirkt und spricht als seien es derer mindestens fünf. Olaf B. versichert, Mike könnte seine Ausbildung durchaus erfolgreich und mit guten Noten zum Abschluss bringen, vorausgesetzt, das Gericht setzt die zu verhängende Strafe zur Bewährung aus. Das Lehrlingskollektiv der LPG »Bergfrieden« Lawalde hat bereits Patenschaften übernommen, alle im Betrieb würden sofort dem Kameraden helfen. Den Beschluss hat das Lehrlingskollektiv einstimmig und ohne Initiative der Ausbilder gefasst. Anerkennung, die Mike wohl in solcher Geschlossenheit nicht erwartet hat. Ein Lächeln umspielt seinen Mund, dann schlägt er die Augen nieder.

Hilfe ist Mike immer wieder zuteil geworden, Mike hat sie nur selten angenommen. »Ich hätte mich bloß mehr anstrengen müssen«, sagt Mike heute, und dem stimmen alle im Gerichtssaal ohne Zögern zu. Am Bemühen und am Vorbild hat es nicht gelegen, trotzdem musste Mike mehrere Klassenstufen wiederholen und schloss die Schule nur mit einem mäßigen Bewerbungszeugnis der 8. Klasse ab. Der Vater noch jung und aktiv hat seinem »Sorgenkind« eine Lehrstelle verschafft, und das war bei den schlechten Abgangsnoten bestimmt nicht leicht. Aber der Vater hat selbst einmal in der LPG »Bergfrieden« in der Tierproduktion gearbeitet. Der Aktivist kannte Meister und Lehrkräfte und konnte sich für seinen Sohn verwenden, er hatte den richtigen Zugang. Heute ist Ralf Schwertfeger so etwas wie Planungsleiter und verantwortlich im Kreis.

Zunächst machte vor allem die praktische Arbeit im Stall Mike auch Spaß, aber sein Interesse ist mäßig, und die Berufsschule schmeckte ihm ganz und gar nicht. In kurzer Zeit standen mehr als dreißig Bummeltage auf seinem Konto, und er bekam einen strengen Verweis. Und was tat Mike, wenn er nicht zur Arbeit ging? Er verträumte seinen Tag einfach: »Manchmal bin ich durch den Wald und über die Felder gestreift, habe bei den alten Bunkern und in Kellern der Ruinen nachgesehen. Oft habe ich im Feld geschlafen und den Wolken nachgesehen.« Offensichtlich: Mike, der sich wie ein Mann fühlt, steckt geistig noch in den Kinderschuhen, träumt und vergisst die Aufgaben, die ihm das Leben als Erwachsener stellt.

Von seinem Lehrlingsgeld muss Mike zu Hause 20 Mark abgeben, dafür wird er beköstigt und bekleidet, das Weitere steht ihm zur freien Verfügung. Doch reicht Mike dieser »Rest« nicht aus. Einem Freund stiehlt er ein Sparbuch und hebt mit einer gefälschten Unterschrift erst 100, dann 300 und danach noch einmal 200 Mark ab. Das Geld ist sehr schnell ausgegeben, ebenso schnell ist der Dieb gefasst. Mike wird von der Kriminalpolizei vernommen, anderthalb Stunden. Er wird ermahnt und soll den entstandenen Schaden wiedergutmachen. Mike verspricht Besserung, es sei das erste und das letzte Mal, dass er solch Schandtat getan. Fortan wolle er Disziplin halten und sich die Achtung seiner Mitschüler erringen. Worthülsen, denn bereits am nächsten Tag bleibt Mike seiner Arbeit fern.

Mehr noch: Neben seinem Beruf ist Vater Ralf Schwertfeger Versicherungskassierer und sammelt im Dorf die anfallenden Prämien ein. Mike entwendet aus des Vaters verschlossenem Arbeitszimmer und aus der dort stehenden verschlossenen Kassette 300 Mark Versicherungsgelder, noch dazu einen Kassettenrecorder mit Zubehör der Marke »Stern«. Er fährt oft fort vom Heimatort nach Erfurt, wo eine flüchtige Bekannte wohnt. Dort spielt Mike den Gentleman und großen Mann, der mit Geldern um sich wirft. Die Mutter des Mädchens erlaubt dem Casanova, bei der Siebzehnjährigen zu übernachten.

Abgebrannt kehrt Mike ins Elternhaus zurück. Der Vater nimmt den Filius ins Gebet und verlangt von ihm ultimativ, dass Mike den entstandenen Schaden durch eigner Hände Arbeit wiedergutmacht. Er vermittelt ihm einen Ferienarbeitsplatz, bei dem Mike gut verdienen kann. Doch auch dort hält es der Sohn nicht lange aus. Er schreibt den Eltern den eingangs zitierten Abschiedsbrief. Der ist für jene Jugendliche bezeichnend, die meinen, mit vierzehn, fünfzehn, sechzehn erwachsen zu sein, und die nun Gefahr laufen, völlig den Halt zu verlieren. Dieser Brief ist ein Zeitdokument, und er teilt mit, der Junge habe schon eine eigene Wohnung gefunden. Mike wohnt, das ist erwiesen, bei einem Achtzehnjährigen, und bei diesem ist auch noch ein anderer Jugendlicher untergekommen. Die Namen der beiden sind der Staatsanwaltschaft bekannt. Es ist ein gefährdetes Milieu, aus dem Mike Schwertfeger sehr leicht abrutschen könnte. Dann würde er in absehbarer Zeit wieder vor Gericht erscheinen müssen.

Diesmal legt das Gericht für Mike eine Bewährungsstrafe von zweieinhalb Jahren fest. In zwei Jahren ist Mike verpflichtet, den finanziellen Schaden, den er angerichtet hat, wiedergutgemacht zu haben. Es wird ihm weiter als Verpflichtung auferlegt, seine Lehre erfolgreich abzuschließen. Als Betreuer wird jener Mitlehrling benannt, der im Prozess für Mike sehr mutig einstand und der beste Lehrling im Kollektiv ist und der sich auch schon früher sehr um Mike bemüht hatte. Kann Mike die ihm auferlegten Maßnahmen nicht erfüllen, wird ihm ein Freiheitsentzug von acht Monaten angedroht.

Der Berichterstatter bedauert, dass sich das Gericht nicht dazu entschließen konnte, auch die Verpflichtung aufzunehmen, dass Mike seine Bewährungszeit zu Hause wohnen muss. Das sei nicht möglich, meinte die Richterin, aber der Abteilung Jugendhilfe beim Rat des Kreises sei aufgegeben, für die Rückkehr Mikes ins Elternhaus zu sorgen. Nach meiner Ansicht wäre es nach geltendem Recht durchaus möglich gewesen, dem Jugendlichen Mike in der Bewährung aufzuerlegen, den Umgang mit seinem jetzigen Vermieter zu meiden. Denn die Gefahr besteht, dass Mike auch die vom Gericht bestimmten Pflichten nicht erfüllt.

Notwendige Anmerkung zum Nachdruck dieses Gerichtsberichts von Erdmann Ferwaß:

In einem Zeitungsbericht des Jahres 1991 war zu lesen: »Am 1. Mai des Jahres kam es auf dem Rummel der Stadt

Hoyerswerda zu einer Massenschlägerei zwischen circa 200 deutschen Jugendlichen und 50 Mosambikanern. Da die Überzahl der deutschen Schläger zu groß wurde, zogen sich die Afrikaner in ihr Wohnheim zurück, was daraufhin Ziel von Steinen wurde. Die deutschen Angreifer wurden dabei von circa 1.000 Schaulustigen angefeuert. Die Angriffe wurden erst beendet, als die Polizei den Vorplatz des Wohnheimes räumen ließ. Die Migranten waren in den nächsten Monaten kaum noch ihres Lebens in der Stadt sicher; sie wurden mit Leuchtspurmunition beschossen, Molotowcocktails und Steine flogen auf ihre Unterkünfte. Der deutsche Bewohner der Stadt Mike Sch. (30) äußerte sich folgendermaßen über das Pogrom in seiner Nachbarschaft: ›Gegen die Polacken, die Fidschis und die Alis hatten wir ja nichts. Aber die Neger sind zu viel. Wir sind beide arbeitslos, aber die Neger, die haben Arbeit, die Neger. Die spielen sich hier auf, als wären die der König der Albert-Schweitzer-Straße.‹«

Dass es sich beim Interviewten um Mike Schwertfeger gehandelt hat, ist nach Aktenlage nicht beweisbar und muss als böswillige Verleumdung zurückgewiesen werden.

Danksagung

Dank an Johannes Reckter, Christine Enderlein, Dr. Tobias Crabus, Konstantin Batury und Lars Frischmann.

Quellen

Akten des Sächsischen Staatsarchivs Chemnitz, Tageszeitungen wie *Volksstimme, Freie Presse, Neues Deutschland,* Wochen- und Monatsjournale wie *NBI, Für Dich, Der Spiegel, Die Zeit, Das Magazin,* Internet: *Wikipedia. Die freie Enzyklopädie, DEFA-Stiftung. Filmdatenbank* u. a.

Eberhard Baage: *Sächsisches Uran und Stalins Kernwaffen.* Leipzig 2009.
Horst Beseler: *Käuzchenkuhle.* Berlin 1965.
Siegfried Birkner: *Das Leben und Sterben der Kindsmörderin Susanna Margaretha Brandt.* Frankfurt am Main 1989.
Winfried Branoner: *Die rote Lederjacke.* Berlin 1961.
Werner Bräunig: *Rummelplatz.* Berlin 2007.
Wolf Dieter Brennecke: *Der gute Onkel Arthur.* Berlin 1965.
Jerry Cotton: *Todesfalle Rummelplatz.* Bergisch Gladbach 1963.
Siegfried Dietrich: *Die Clique.* Berlin 1961.
Wolfgang Dürwald (Hrsg.): *Gerichtliche Medizin im 19. Jahrhundert. Ein gerichtsmedizinischer Pitaval, Bd. 1: Mord und Mordmotiv.* Leipzig 1989.
Günter Ebert: *Männer, die im Keller husten.* Berlin 1987.
Karl Georg Egel, Paul Wiens: *Sonnensucher.* Berlin 1974.
Kerstin Eich: *Die gesetzlichen Bestimmungen des Jugendstrafrechts der DDR ab 1968.* Göttingen 2008.
Erdmann Ferwaß: *Oberlausitzer Criminal.* Zittau 2018.
Helmut Fickelscherer (Hrsg.): *Wie Karel mit dem roten Motorrad zu Rosa Laub flog.* Berlin 1974.

Richard Groschopp et al.: *Die Glatzkopfbande* (1963). DVD: Berlin 2005.
Reinhard Hillich, Wolfgang Mittmann: *Die Kriminalliteratur der DDR*. Berlin 1991.
Dennis Hopper et al.: *Easy Rider*. DVD: Berlin 2000.
Gerhard Johann: *Absturz eines Mustangs*. Berlin 1980.
Rainer Karlsch, Zbynek Zeman: *Urangeheimnisse. Das Erzgebirge im Brennpunkt der Weltpolitik 1933–1960*. Berlin 2003.
Ulrike Kolanowski: *Wie Jugendliche ihre sexuelle Orientierung entdecken*. Braunschweig 2005.
Heinrich von Kleist: *Der Zweikampf. Erzählungen*. Berlin 1983.
Otto von Leixner: *Laien-Predigten für das deutsche Haus. Ungehaltene Reden eines Ungehaltenen*. Berlin 1894.
Hasso Mager: *Krimi und crimen. Zur Moral der Unmoral*. Halle (Saale) 1969.
Karl May: *Aus dunklem Tann. Erzählungen*. Bamberg 1973.
Inge Meyer: *Vernehmung der Zeugen*. Rudolstadt 1983.
Wolfgang Mittmann: *Gladow-Bande. Die Revolverhelden von Berlin*. Berlin 2003.
Klaus Möckel: *Hass*. Berlin 1981.
Ders.: *Drei Flaschen Tokaier*. Berlin 1980.
Käthe Muskewitz, Bruno Stubert: *Zwielicht*. Berlin 1955.
Walter Niebuhr: *Die letzte Fahrt*. Berlin 1975.
Hans Pfeiffer: *Die Mumie im Glassarg*. Rudolstadt 1960.
Ders.: *Plädoyers*. Berlin 1970.
Ders.: *Phantasiemorde*. Berlin 1985.
Benno Pludra: *Sheriff Teddy*. Berlin 1967.
Günter Radtke: *Die Tätowierten*. Rudolstadt 1970.
Curt Riess: *Prozesse, die unsere Welt bewegten*. Augsburg 1997.
Rainer Rönsch: *Kassensturz*. Berlin 1988.
Silke Satjukow: *Besatzer. »Die Russen« in Deutschland 1945–1994*. Göttingen 2008.

Silke Satjukow: »Der düstere Freund«. In: *Die Zeit* 16/2008.
Peter Schmalz: »*Das schwierige Verhältnis der Klassen- und Waffenbrüder*«. In: *Die Welt*, 19. März 1996.
Wladimir Tendrjakow: *Die Nacht nach der Abschlussfeier*. Frankfurt am Main 1975.
Ders.: *Die Abrechnung*. Frankfurt am Main 1980.
O. A.: *Unser Lied, unser Leben. Eine Sammlung alter und neuer Lieder*. Berlin 1947.
O. A.: »Urlaubsparadies. Balaton: Lang, schmal und platt.« In: *MDR Zeitreise*, 19. März 2020.
O.A.: »In der Nachkriegszeit war alles erlaubt – vorerst«. In: *ZeitJung – RNZonline*, 10. März 2016.)
Eugène François Vidocq: *Memoiren des Chefs der Pariser Sicherheitspolizei*. Erlangen 2015.
Rüdiger Wellnitz: »Vermisst! Jugendliche auf Tour – Tipps für Eltern und Kids.« In: *e110. Das Sicherheitsportal*.